ベティ・ニールズ・コレクション

冬は恋の使者

ハーレクイン・マスターピース

東京・ロンドン・トロント・パリ・ニューヨーク・アムステルダム
ハンブルク・ストックホルム・ミラノ・シドニー・マドリッド・ワルシャワ
ブダペスト・リオデジャネイロ・ルクセンブルク・フリブール・ムンバイ

THE EDGE OF WINTER

by Betty Neels

Published by Harlequin Japan, a Division of K.K. HarperCollins Japan, 2024

ベティ・ニールズ

イギリス南西部デボン州で子供時代と青春時代を過ごした後、看護師と助産師の教育を受けた。戦争中に従軍看護師として働いていたとき、オランダ人男性と知り合って結婚。以後12年間、夫の故郷オランダに住み、病院で働いた。イギリスに戻って仕事を退いた後、よいロマンス小説がないと嘆く女性の声を地元の図書館で耳にし、執筆を決意した。1969年『赤毛のアデレイド』を発表して作家活動に入る。穏やかで静かな、優しい作風が多くのファンを魅了した。2001年6月、惜しまれつつ永眠。

主要登場人物

アラミンタ・ショー……………………看護師長。
ウィリアム・ショー……………………アラミンタの父親。
マーサ・ショー…………………………アラミンタの叔母。
トーマス・ショー………………………アラミンタのいとこ。
バートラム・ショー……………………トーマスの息子。
セルマ・ショー…………………………トーマスの妻。
クリスピン・ファン・シーベルト……医師。
メイベラ・ファン・シーベルト………クリスピンの叔母。
ヨス………………………………………シーベルト家の執事。
フローネ…………………………………ヨスの妻。シーベルト家の家政婦。

1

コーンウォール州にあるこぢんまりとしたその町は、丘と崖に囲まれていた。小さな港に立ち並ぶ田舎家のスレート屋根や漆喰《しっくい》の壁には、午後の太陽の光が注がれているが、海から吹く風は冷たい。まだ五時にもなっていないのに、すでに日が暮れはじめているのは十月だからだ。港から駐車場に向かって道をのぼっていたアラミンタ・ショーは、いったん立ちどまって振り返り、少しばかり体を震わせた。

散歩には少し遅い時間だったが、昼食のあとでバックギャモンをしたいという父の相手をしていたら、こんな時間になってしまった。ロブスター・ポット・ホテルのラウンジでトランプをしている間、気がつくと古めかしい張り出し窓から見渡せる港に目が行っていた。大胆なヨット乗りたちが広々とした海に向かって元気よく叫ぶ姿が、うらやましくてならない。ヨットで海に出たら、とても気持ちがいいだろう。けれど、この小さな町で数人の若者と顔見知りにはなったものの、それ以上の関係に発展することはなかった。一緒に休暇を過ごしている父親と叔母に悪気はないのだが、アラミンタの余暇は二人の相手で手いっぱいだったからだ。彼女にとって二人は大切な人だし、心から愛してもいる。それでもアラミンタがもう二十五歳で、責任ある仕事を任されていることや、彼女には彼女の人生があり、自分のことは自分でできるということを、父親も叔母もつい忘れてしまうようだった。

アラミンタは港に背を向けて駐車場をあとにし、崖のいちばん上をめざして歩きはじめたが、途中で立ちどまり、かもめが旋回するさまを見つめた。風は先ほどよりも強くなっているが、まだ数艘《そう》のボートが海に出ようとしているので、草むらに腰を下ろしてしばらくその光景を眺める。ハイネックのセーターの首を引きあげ、蜂蜜色の長い髪を結び直す彼女は、かわいらしい顔立ちをしていた。蜂蜜色のまつげに囲まれた大きな目はダークブルーで、小さな鼻は筋が通り、唇はふっくらしている。長い脚にスラックスをはいて立ちあがった姿はほっそりとしていて、女性にしてはいくぶん背が高めだが、やせすぎてはいなかった。

道は狭く、場所によっては崖っぷちに近いところもあり、岩に押し寄せる波や、木や茂みの間からでも海をはっきりと見ることができた。きびきびと歩きながら、アラミンタはさまざまなことを考えていた。明日になったら、コーンウォール州を離れてロンドンのセント・キャサリン病院へ戻る。その病院の緊急治療室で看護師長として働いている彼女は、病院へ戻るのを楽しみにしていた。父のことも叔母のマーサも大好きだけれど、なにしろ彼らは高齢だ。二人は日がな一日本を読んだりトランプに興じたり、港のあたりを散歩するだけで満足だろうが、まだ若いアラミンタにはそんな生活は一週間でじゅうぶんだった。心も体もたっぷりリラックスし、忙しい日々に立ち向かう準備もできている。次に一週間の休暇がもらえるのはクリスマス前で、そのときはサマセット州ダンスターの細い道沿いにある、手入れの行き届いた小さな庭がついた、これまた小さいが居心地のいい家へ行く予定だ。そこは彼女の実家だった。夏が去り、旅行者たちがいなくなると、村にあるダンスター城も大通りも落ち着きを取り戻すので、気が向いたら波打ち際まで下りていって、海の向こうのウェールズを眺めることもできる。ウェールズがはっきり見えなくても、二キロ先のマインヘッドという町なら見える。

道はふたたび崖の縁に近づいていた。地平線の上の雲が大きく怪しい形になってきたことに気づいて、アラミンタは歩をゆるめた。どうやら雨になりそうだけど、あわてることはない。ホテルまで濡《ぬ》れずに帰るくらいの時間はあるだろう。かすかにもやも立ちこめてきたが、この道は毎日のように歩いていてよくわかっているし、心配はいらない。

引き返そうとしたとき、目が下のほうで動くなにか白いものをとらえた。誰かが岩壁に寄りかかり、手を振っている。甲高い叫び声もかすかに聞こえて、アラミンタはあたりを見まわした。近くにはボートも見えないし、人影もない。足元には荒削りな岩壁へ続く申し訳程度の道があるだけで、下にいる人はここを下りて、戻ってこられなくなったに違いない。町に戻って、助けを呼んでこようかしら？　でも、それでは時間がかかりすぎる。そのころにはすっかり日も落ちて、雨も降りはじめているだろう。そうなれば歩くことも上がってくることもできず、ずぶ濡れになって風邪をひいてしまう。今すぐ助けに行けば、私も下にいる不幸な人も十五分程度でここまで上がってくることができるはずだ。もしも怪我《けが》をして動けないのなら、なおさら下りていって打つべき手を考えたほうがいい。

道は細いが、下りていくのは簡単だった。苦になるほどの距離ではなかったし、足腰には自信があった。半分ほど下りたところで、とがった岩と岩の間の砂地で助けを求めているのが子供だとわかって、アラミンタは急いだ。

そこにいたのは八歳くらいの少女で、息を切らし、小さな顔を涙で濡らし、ショートパンツをはいた片方の脚が不自然な方向に曲がっている。振っていたのはTシャツだった。

少女はかすれた小声で言った。「誰も来てくれないかと思った。あなたは誰？」

「アラミンタ・ショーよ。あなたは？」彼女は少女を安心させるように明るく笑いかけた。

「私はメアリー・ローズ・ジェンキンス。脚を怪我しちゃったの。落っこちて……」少女の目から涙があふれた。アラミンタに抱きしめられ、声をあげて泣き出す。「脚が動かないのよ。立とうと思ったけれど、痛くて立てない。どうすればいいの？」少女は不安そうにあたりを見まわした。「だんだん暗くなってきたわ」

「まだ真っ暗ではないわ」アラミンタはそう言い、明らかに腫れて変色している細い足首に目を向けた。ひ骨下部の骨折だろう。まずは添え木が必要だ。アラミンタは元気よく言った。「さあ、Tシャツを着て。まずは脚をなんとかまっすぐにしましょう。そうしたら、来た道をのぼるの。少し痛い思いをさせてしまうかもしれないけれど、あなたは勇敢な女の子だもの、大丈夫よね？」

アラミンタは少女のもつれた茶色の髪にキスをすると、Tシャツを着せてやり、あたりを見まわした。適当な木材かなにかが落ちているはずだ。古い箱、壊れた船のマスト、段ボールなど、浜辺にはいつでも漂流物やがらくたが流れ着いている。

「ねえ、メアリー・ローズ、あなたの脚の添え木になるものをさがしたいの。添え木をすれば、それほどひどくは痛まないはずよ。さがしてくる間、一人でも大丈夫よね？　あまり遠くへは行かないから」

だが浜辺にはなに一つなく、アラミンタは少女のもとへ戻るとその横に座り、自分がはいていたハイソックスを脱いだ。両脚をそれで縛って、怪我をしていないほうの脚を添え木代わりに使うとメアリー・ローズに説明し、できるだけじっとしているように言うと、かがんで作業に取りかかった。病院なら、必要なものはすべて手の届くところにある。だが今は、麻酔もないまま折れた脚をそっと持ちあげて健康な脚と並べ、靴下で骨折した部分の上と下を結ぶことしかできない。メアリー・ローズはずっと叫び声をあげていたが、アラミンタは心を鬼にして作業を続け、両脚を結びおえると、少女をしっかりと抱き寄せてなだめた。やがて痛みがやわらいだのか、メアリー・ローズはまどろみはじめた。

小さな体を抱き寄せたまま、アラミンタは次になにをするべきかをじっくりと考えた。先ほどの道をのぼって戻れるとは思えない。だが、ここにひと晩じゅうじっとしているわけにもいかない。そのときぽつぽつと雨粒が落ちてきたかと思うと、数分のうちに土砂降りになり、一段と強くなった風が狭い砂地に波しぶきを吹きつけてきた。最悪の状況だ。いくらかでも雨をしのげそうな場所もないし、目を覚ましたメアリー・ローズはぐずった声をあげている。いつもは簡単にあきらめないアラミンタも、さすがにお手上げだった。「もうどうしようもないわ」

だが、そうではなかった。隣の岬の向こうから、ヨットが姿を見せたのだ。まだ距離はあるものの、こちらに向かって来ており、アラミンタは水際まで飛んでいって必死に手を振った。しかし岩の多い海岸を避けるためか、ヨットは二人のいる方向からそれ、岸とは反対へ進みはじめた。アラミンタの姿に気づかなかったのだろう。それでも彼女はあきらめず、腕が痛くなっても振りつづけた。聞こえるはずもないが、叫び声もあげた。そうせずにはいられなかった。

やがて、ヨットがふたたびこちらに向きを変えた。見つけてもらえたのだろうかと不安そうに見守っていると、ほっそりとした舳先《へさき》がたしかにこちらに向かってきて、アラミンタは喜びの叫び声をあげた。もう一度手を振ってからメアリー・ローズにヨットのことを告げると、少女は起きあがろうとして折れた脚に体重をかけ、痛みで悲鳴をあげた。アラミンタがかがみこんで少女をなだめ、体を起こしたとき、岩の間をぬうように救命用のゴムボートが近づいてくるのが見えて、彼女はふたたび水際まで走った。

「ああ、よかったわ！　誰かに会えて、こんなにうれしいなんて。ここから二度と動けないかと思った」

救命ボートに乗っていた人がエンジンをとめ、ボートを波打ち際に引きあげた。背が高く、がっしりとした男性は、髪は黒いがこめかみのあたりが白くなりかけている。鷹《たか》のような整った顔立ちにひどく不機嫌な表情を浮かべ、彼はアラミンタを見つめた。

「君は愚か者だな。このあたりの崖が危険だということを知らないのか？」とげとげしい声で言ってから、男性はメアリー・ローズに気づいた。「あれはなんだ？」

アラミンタはむっとした。助けに来てくれたのはありがたいが、そんな言い方をしなくてもいいのに。

彼女はぴしゃりと言い返した。「女の子よ。脚を骨折しているの。そうでなければ、あなたに手を振ったりしなかったわ。私一人なら、崖をのぼるくらいなんでもないもの」

男性は意地の悪い笑みを浮かべた。「お嬢さん、僕は君の崖のぼりの腕前などにまったく興味はない」彼はメアリー・ローズに近づき、横にしゃがみこんだ。「ひ骨の骨折だな」

その言葉に、アラミンタは驚いた。「ええ、そうよ。なぜわかるの？」

「僕は医者だ」答えながら、男性はそっと靴下の結び目をゆるめた。「君はなぜわかったんだ？」

「私は看護師だもの」

「驚いたな」不快そうに息を吸ったアラミンタを無視して身をかがめ、男性は怪我の具合を見た。そしてふたたび靴下をそっと結ぶと、冷ややかに言った。

「少なくとも、下手にいじらないという判断力はあったわけだ。船に乗せて、マウスホールへ連れていこう。そこから救急車でファルマスへ送ればいい」

「ファルマスまで船で行けないかしら？　そのほうがずっと……」

その言葉を聞いて男性が浮かべた表情に、アラミンタは思わずひるんだ。「この風だぞ。ヨットで行ったら、普段の二倍は時間がかかる」彼はもう一度少女の上にかがみこんだ。少女に向けた顔は明るい笑顔に変わっている。「みんなで船に乗って帰ろうか。港に着いたら、すぐに医者に診てもらおう。君は勇敢な子だな」男性は茶色い髪にやさしく触れてから、少女をかかえて立ちあがった。「先に救命ボートに乗りこんでくれ。そうしたら、この子を君の膝にのせる」

アラミンタはいらだちを隠して、言われたとおりにした。〝あなたのような無礼な人に会ったのは初めてだわ〟などと言っている場合ではない。ましてや、相手はうれしくない状況から助け出してくれる人だ。救命ボートに乗っている短い間、彼女は少女をしっかりと抱きしめていた。

ヨットでは別の男性が待っていた。ずんぐりとした体にたくましい腕をした白髪頭の年配の男性は、救命ボートに身を乗り出すと、メアリー・ローズを軽々と抱きあげて船の中へ連れて入った。荒い波にもまれて大きく揺れるヨットにどうしたものかしらとアラミンタがまごまごしていたとき、黒髪の男性が言った。「手すりにつかまるんだ。そして、体をヨットに引き寄せるようにして乗るといい。簡単だよ。僕の合図に合わせて」

少しも簡単そうではないが、くよくよ心配している場合ではない。〝今だ〟と言う声に合わせて体を引きあげると、背後から押しあげる力にも助けられて、アラミンタはどうにかデッキに降りたった。黒髪の男性は苦もなく彼女の横に飛び移り、救命ボートをヨットに結びつけた。

「下に行って」男性は肩越しに言い、アラミンタはその言葉に従った。

キャビンの中はこぢんまりとしていて暖かかった。メアリー・ローズは壁際のふかふかの長椅子に横たえられ、年配の男性は四つのマグカップに紅茶をついでいる。黒髪の男性はキャビンにやってくると、アラミンタには理解できない言葉で年配の男性になにか言った。すると年配の男性はうなずいて、ボトルの液体をそれぞれのマグカップについだ。

「ブランデーだ」黒髪の男性が言った。「これを飲んだら、濡れた服を脱ぎなさい。女の子の服も頼む」彼は戸棚からセーターを二枚と、毛布を数枚取り出した。「これを使ってくれ」

アラミンタはそれらを無言で受け取った。言いたいことはたくさんあるのに、寒さで歯ががちがちと鳴り、きちんと話すことができない。メアリー・ローズに紅茶を少し飲ませ、自分も飲むと、ブランデーのおかげで体が温まってきた。黒髪の男性が紅茶を飲みほすよう少女を促したときは思わず抗議しそうになったが、静かな声で制された。

「ああ、君が言いたいことはわかる。だが、港に着くまで一時間はかかるだろうし、海は荒れている。この子は眠っていたほうがいい」

彼は自分の紅茶を飲み干し、年配の男性になにか話すとデッキに出ていき、年配の男性もあとに続いた。

アラミンタは先にメアリー・ローズの濡れた服を脱がせた。とても大きなセーターにすっぽりと包みこまれ、その上からさらに毛布でくるまれると、少女はうとうととまどろみはじめた。

続いて自分のセーターを手早く脱ぎ、貸してもらってセーターに着替えたが、袖は半分ほどまくりあげなければならなかったし、丈もひどく長かった。

いっそのことスラックスも脱いでしまおうかと迷った末、まだはいておくことにした。品位だけは失いたくない。だから湿ったスラックスは我慢して、濡れた髪を結んだ。ヨットはすでに動きはじめていたけれど、海は荒れているのにこんなにものんきでいられるのは、ブランデーを飲んだせいだろう。

メアリー・ローズはぐっすりと眠っていた。恐怖と痛みを経験したあとにブランデーを飲んだせいで、当分目を覚ましそうもない。アラミンタは椅子を長椅子の横に運び、じっと少女を見つめた。

ヨットのことはほとんど知らないが、この船は驚くほど乗り心地がよく、備えつけの家具は簡素ながらも使いやすい。いったいあの黒髪の男性は何者で、どこの国の言葉を話していたのだろう？　そういえば、私と話す英語は流暢《りゅうちょう》だったが、かすかなアクセントがあった。そんなことを考えていたら、その男性がキャビンに戻ってきて、無言のままキャビンの奥にある小さな仕切りの中に入った。無線機器でも置かれているのだろう、誰かと話している声が聞こえる。そこから出てきたあとは、ひと言も発することなく食器棚を開け、サンドウィッチの包みを取り出して彼女のそばにあるテーブルに置いた。

空腹を感じ、アラミンタはそのうちの二切れを食べた。散歩をしただけでもおなかがすいていたのに、その後崖を下り、かなり長い間砂浜にいたのだから無理もない。スモークサーモンが焼きたての黒パンにはさまれたサンドウィッチはとてもおいしく、もっと食べたかったけれど、メアリー・ローズが目を覚ましたら欲しがるかもしれない。彼女は残りのサンドウィッチを包んだが、少女は目を覚まさず、かなり揺れても身動きすらしなかった。一度、年配の男性がコーヒーを持ってきて、癖のある英語でなにか必要なものはないか、少女は大丈夫かときいた。アラミンタはありがたくコーヒーを受け取り、それを飲みながら時計をちらりと見た。いつの間にか午後八時半を過ぎている。父と叔母は心配しているだろうし、メアリー・ローズの両親は半狂乱になっているかもしれない。そんなことを考えていたら、黒髪の男性がふたたびキャビンに姿を見せ、〝数分後に港に着く〟とだけ告げて姿を消した。

船がとまると、男性二人が連れだってキャビンにやってきた。黒髪の男性がかがんで少女を抱きあげたので、アラミンタはあわててきいた。「まったく目を覚まさないんだけれど、大丈夫かしら？」

男性の厳しい顔にほんの一瞬笑みが浮かんだ。

「こんな小さな子だし、ブランデーをたっぷり飲んだんだから無理もない」

アラミンタは濡れた服を持つと、彼についてデッキに上がった。雨は降りつづき、あたりは真っ暗で、風が弱まる気配もない。降りしきる雨の向こうには点々と明かりが見えるが、あたりに人影はない。一行は黒髪の男性、アラミンタ、年配の男性の順で雨の中を黙々と歩いていった。

途中でアラミンタは足を速め、先頭の男性に追いついた。「どこに向かっているの？」

「パブだ。パブへ行けば、この子の両親を知っている人がいるだろうし、電話をかけることもできる」

「ロブスター・ポット・ホテルの中にもあるわ。このすぐ先よ」アラミンタは通りの先にぼんやりと見える明かりを手で示した。「あそこなら……」

「知っている。前に来たことがあるから」

アラミンタは彼を追い越して、ホテルの脇から階下のパブへ直接行けるドアを開けた。パブにはたくさんの人がいた。アラミンタの父と叔母の姿もあり、二人はホテルのオーナーとなにやら話しこんでいる。

アラミンタとその連れに気づくと、叔母は見るからに厳格そうな顔に一段と厳しい表情を浮かべ、人々の間をぬって足早に近づいてきた。「アラミンタ、いったいどこへ行っていたの？　みんなとても心配していたのよ。それに、この人たちは？」
叔母の鋭い目は黒髪の男性から少女、年配の男性に向けられ、びしょ濡れの姪《めい》へと戻った。

「心配かけてごめんなさい、マーサ叔母さん。散歩の途中で、この子を見つけたの。それからこちらの二人の紳士は、ご親切に私たちをヨットでここまで連れてきてくれたの。この子、脚を骨折していて、この方はお医者様だそうよ」アラミンタは黙って横に立っている黒髪の男性に目を向けた。「私たちはなにをすればいいのかしら？」

「しっかりとしたテーブルのある部屋と、添え木として使えるものが欲しい。それから、救急車を呼んでこの子を病院に運んでもらうことと、この子の親を見つけてもらいたい」

まるでセント・キャサリン病院に戻ってきたかのように、アラミンタは時間を無駄にせず、命じられたことを実行した。「フロントの奥が事務所になっているわ。きっと……」アラミンタはそこを使わせてほしいということと、救急車を呼んでほしいということをすぐさまホテル側に頼んだ。

「どうやら君は、思っていたよりも判断力があるようだな」黒髪の男性の言い方にはどこかあざけりが感じられ、アラミンタはむっとした。だが、自分の感情など考えている時間はない。テーブルを使いやすいように並べ、添え木に使えそうな棒切れだけでなく、それを結ぶスカーフやらネクタイやらナプキンを集める。その中でいちばん役立ちそうなものを選び、部屋の隅に黙って立っている父にさっと笑みを向けると、メアリー・ローズのもとへ戻った。幸い、少女はまだうとうととしていた。

その後、少女の細い脚にはうまく添え木があてられた。これからしかるべき処置がされ、ギプスがはめられるのだろう。それを見届けられないのは残念だったが、メアリー・ローズは救急車でファルマスへと運ばれていった。黒髪の男性は少女につき添い、年配の男性はヨットへと戻っていった。二人ともアラミンタに別れを告げたが、年配の男性がていねいだったのに対し、黒髪の男性はひどくそっけなかった。

アラミンタはいつもよりずっと遅い時間にベッドに入った。父や叔母やホテルのオーナー、ホテルに滞在している人たちに、なにがあったかを繰り返し話していたからだ。警察も取り乱した若い女性を連れてやってきた。ほんの少しの間なら娘を一人にしても大丈夫だろうと、彼女は買い物に出かけていたそうだ。アラミンタは警官の質問に答え、女性から感謝され、メアリー・ローズがその後どうなったかを聞いた。無事に病院へ着き、きちんとギプスがはめられたということだった。つき添った男性が病院での治療にも力を貸してくれたそうだ。〝彼はヨットに戻ってくるだろうから、あなたも再会できるでしょう〟と警官はアラミンタに言った。

だが、朝になっても男性の姿はなく、ヨットはまだ港にとどまっていた。アラミンタは仕立てのいいツイードのスーツをなんとなく選ぶと、つやのある髪を頭のてっぺんでまとめ、ロンドンに戻るために中古のミニに乗りこんだ。見送る父親はいつものように言葉も少なかったが、叔母のマーサはのんびりとした声で言った。「昨日あなたを連れてきてくれた男性は、なかなか興味深い人だったわね。もう会うことがないのが残念だわ」

アラミンタはアクセルに足をのせ、冷たく言った。「めったにいないくらい失礼な人だったわ。残念なのは、あの人に直接そう言えないことね」

2

セント・キャサリン病院はなかなか評判のいい病院だったが、建物は古かった。病棟は時代遅れの代物で、廊下がどこまでも続き、無駄なほどあちこちに階段がある。しかも看護師用の駐車場からの眺めは一段とみすぼらしく、気が滅入《めい》る。アラミンタはミニをとめると、広い前庭を通って、陰気な玄関ロビーへと入っていった。四百キロ以上の道のりをほとんど休みなく八時間も走ったせいで、疲れていたし、おなかもすいていた。病院から歩いて五分と離れていない自分のフラットにまっすぐ帰りたかったが、代わりに看護師長を務めてくれていたパムことパメラ・カーに、帰ってきたことを知らせなければいけない。そうすれば、パメラは翌朝の勤務に就かなくてすむ。

パメラは緊急治療室にいた。副看護師長のシルヴィア・ドーズもオフィスにいて、机にうず高く積まれた書類とにらめっこしていた。小柄で仕事の手際がよく、アラミンタとはとても気が合う女性だ。

アラミンタが入っていくと、シルヴィアは顔を上げ、ほっとした声で言った。「ああ、よかった。戻ってきたのね。これでこの厄介な仕事を、あなたに任せられるわ。休暇は楽しかった？」

アラミンタは机の端に腰かけた。「ええ、とても。ほとんど雨に降られどおしだったけれど、静かな場所で、ホテルもすてきだったわ。梁《はり》はオーク材だし、椅子はふかふかで、食事のたびにごちそうが並んだの」

「すてきな男性との出会いはあった？」

アラミンタは首を振った。「中年男性ばかりだった。ああ、ヨット好きの人もいることはいたわ」

「ヨットに乗ったの？」

「いいえ……ええ、そうね。乗ったわ、一度だけ」

「楽しかった？」

アラミンタは、メアリー・ローズと自分を助けてくれた不機嫌そうで大柄な男性を思い浮かべた。

「いいえ、そうでもなかったわ」せっかく船に乗ったのに、楽しめなかったのが残念でならない。「私のいない間に、なにか変わったことはあった？」

「いつもどおりよ」シルヴィアの言葉に、アラミンタはうなずいた。〝いつもどおり〟とは、多くの患者がいたという意味だ。交通事故の被害者、洗濯機に落ちた幼児、太腿を骨折した老女、寒さと飢えで命を落としかけた老人、カーテンをつるしていて椅子から落ちた主婦、鼻の骨を折ったり顔にひどい傷を負ったりした若者たち、心臓病の患者、薬の過剰摂取で錯乱状態に陥った男女などがいたのだろう。


アラミンタは立ちあがった。「わかったわ。明日から仕事に戻るから、パムは午後からの勤務でいいわよね？　私は朝の八時でいいかしら？」

シルヴィアはうなずいた。「私は深夜一時までで、そのあと二日間の休みを取っているの。でも、常勤看護師のゲティがいるわ。それから看護学生が二人と、すてきなミセス・ピンクも」

アラミンタは返事をする代わりにうなずいた。

「じゃあ、帰るわね。また明日」ミニに戻り、病院から出ると、ぐるりとまわって細くて暗い道に入った。その道にはビクトリア朝のいかめしい建物が並んでいて、今ではフラットになっている。半分ほど進んだところに車をとめると、甲高い音がする門を開け、階段を下り、ペンキのぬられているドアを開けた。入ってすぐの居間にハンドバッグを置き、掛け時計のねじを巻き、ラジオのスイッチを入れてから、車に戻って旅行鞄《かばん》を運び出し、数メートル先にある車庫に車をしまう。そしてフラットに戻り、小さいが使い勝手のいいキッチンへ行ってやかんを火にかけた。

寝室でスーツケースの中身を片づけたあと、アラミンタは紅茶をいれ、飲みながら部屋を見まわした。埃《ほこり》が積もっている以外は、出かけたときと同じくらいきちんとしている。気分が明るくなる赤いカーペットにはブラシがかけられ、色とりどりのクッションはいい具合にふくらみ、食事用の小さな円テーブルもぴかぴかに磨きあげられている。フラットは狭く、ほとんど地階にあるためにかなり暗いが、仕事場からこんなに近いところに住まいを持てたのは運がよかった。

紅茶をお代わりして、郵便物に目を通す。電気料金の請求書、古くなったアイロンや金属製品のがらくたをさがしているというちらし、結婚してロンドンを離れた友人からの手紙に目を通しながら、さらに紅茶をお代わりした。「どうせなら」アラミンタは声に出して言った。「高価な花の入った大きな箱とか、最高級レストランへの招待状が送られてくればいいのに」靴を脱ぎ捨てると、ずっと体が楽になった。「そうしたら、あのピンクのドレスを着ていくのに」うっとりと空想の世界にひたる。「誰かがロールスロイスで迎えに来て、そして……」

彼女はふいに黙りこんだ。あのヨットに乗っていた不機嫌そうな男性の顔が、見間違えようがないほど鮮明に頭に浮かんだのだ。

「ばかばかしい」アラミンタは明るく言い、ティーポットやカップをトレイにのせて片づけた。

翌朝は毎日しているように蜂蜜色の髪にひだのある帽子をかぶり、ネイビーブルーの制服に白いエプロンをつけて仕事を始めた。最初の患者はあわてふためいた母親に連れてこられた、ひどいやけどを負った幼児だった。アラミンタはすぐさま緊急治療室の責任者であるドクター・ジェームズ・ヒッコリーに、朝食の途中でもすぐに来てほしいと連絡し、治療の準備に取りかかった。血漿《けっしょう》の点滴と必要と思われる器具をそろえ、悲鳴をあげている幼児のために痛みどめの用意をする。一時間後、ドクター・ヒッコリーとミセス・ピンク、アラミンタは必要な処置をすべてすませた。幼児は薬で眠らされた状態で集中治療室へと運ばれていき、アラミンタはゲティが対応していた別の患者たちの処置に取りかかった。

午前中はいつものように過ぎていき、絶え間なくやってくる患者たちは、治療を施されては家へ帰るなり、しかるべき病棟へ送られるなりしていった。昼ごろになると急に混雑してきたため、アラミンタは食堂へ行くこともできず、職場でサンドウィッチを頬張り、紅茶で流しこんだ。だが、そんな食事は今日に限ったことではない。五時になって仕事が終わったら、家に帰って食事をすませ、本を持って早めにベッドに入ろう。忙しいときでもそう考えると、彼女の気持ちは明るくなるのだった。

四時になると、手の空いている看護師は看護師寮の共用の居間に集まる習慣があった。そのころには緊急治療室の患者たちの処置も一段落していたので、アラミンタも経験豊富なミセス・ピンクにあとを任せ、ひと休みすることにした。

居間ではたくさんの看護師が電気ストーブを囲み、雑用係のベイツに紅茶をいれてもらっていた。アラミンタは人目を引く赤毛の看護師と、グレーの髪の若い看護師の間に座った。二人ともはかなげで気が弱そうな外見とは裏腹に、それぞれの部署で日々たくましく仕事に向き合っている。「おかえり。コーンウォールで贅沢《ぜいたく》な休暇を過ごしたあとの仕事はどう？」彼女たちはアラミンタにきいた。

「さっそく大忙しだったわ。ところで、こちらから送った患者さんはどんなようす？」三人は紅茶を飲み、トーストと誰かのバースデーケーキの残りを食べ、仕事について話しつづけた。

「勤務が終わったら、どこかへ出かけない?」、赤毛の看護師が言った。

アラミンタは首を振った。「家に帰って食事をしたら、本を持ってベッドに入るわ」

「ゆっくりと本を楽しめるのも今のうちかもしれないものね」盗み聞きしていたベイツが口をはさんだ。

「今は誰に言い寄られているの?」

アラミンタはうわ目遣いに彼女を見た。「ベツィーったら。そんな人は……」

ベツィーことベイツは大げさに顔をしかめた。

「あなたに告白した男性は何人もいるはずよ。それなのに、あなたったら!」そう言いながらも、ベイツの青い目は笑っていた。アラミンタは外見がかわいらしいばかりでなく、人に好かれる性格の持ち主なので、男性からも女性からもなにかと声をかけられた。だが、その相手が男性であるとか女性であるとかをあまり意識したことはなく、いつの日か愛する男性と出会って結婚したいとは思うものの、今はまだ楽しく出かけるだけでよかった。

その後の数日間、アラミンタは仕事が終わるとまっすぐフラットに帰り、手紙の返事を書いたり、居間に置いてあるクッションのカバーを換えたり、キッチンにペンキをぬったりして過ごした。キッチンがうまくぬれたので、二日間の休みで居間にもペンキをぬることにする。わくわくした気持ちで休み前の勤務を終えた彼女は、食事もそこそこに汚れてもいいセーターとスラックスに着替え、部屋の真ん中に家具を積みあげて作業を始めた。

ドアをぬりおえて壁の羽目板に取りかかろうとしたとき、ドアをノックする音が聞こえて、アラミンタは刷毛《はけ》を置いた。まだ七時になったばかりでそんなに遅い時間ではないが、あたりはすでに暗いし、誰かが訪ねてくる予定もない。看護師の誰かだろうか？　彼女はしぶしぶ立ちあがり、チェーンをかけたままドアを開けた。玄関先に立っていたのは砂浜で救ってくれたあの黒髪の大柄な男性で、目をまるくする。「なぜ……なぜ、私がここに住んでいるとわかったの？」しばらくして言う。

視線をチェーンに向けて、男性はかすかな笑みを浮かべた。「君の叔母さんが教えてくれた」

「叔母のマーサが？　なぜそんなことを？」

「僕が教えてほしいと頼んだからだ。メアリー・ローズのことが気になっているだろうと思ってね」

「ああ、それで来てくれたのね。入って」アラミンタはチェーンをはずし、男性を招き入れた。「居間にペンキをぬっていたところなの。コーヒーでもいれるから、ちょっと座っていて。悪いけれど、そのへんに積み重なっている椅子を自分で出してくれるかしら？　その間に、私は……」

男性のせいで、狭い部屋はいっそう狭く感じられた。ちっとも好きではないはずなのに、アラミンタはまた彼に会えたことをなぜかうれしく思った。

男性が言った。「キッチンはその先か？　コーヒーは僕がいれるから、君はペンキをぬっているといい。コートを脱いでもかまわないかな？」

「ええ、もちろん」よく知りもしない間柄なのに、なんだかあつかましい人だ。それとも、ただ親切なだけ？　アラミンタは男性の顔をちらりと見た。風貌はおせっかいやきというよりは、危険な貴族といった感じだけど。彼女はふたたび刷毛を手にして膝をついたが、大事なことをきき忘れていたのに気づいた。「あなたの名前を聞いていなかったわ」

男性がキッチンから顔を出した。「ファン・シーベルト。クリスピン・ファン・シーベルトだ」そう言うともう一度キッチンに引っこみ、ほどなくトレイにマグカップを二つのせて戻ってきた。一つをアラミンタに渡して砂糖を差し出し、彼女がドアの上の部分をぬるときに使っていた木箱に腰を下ろした。

「メアリー・ローズは」クリスピンはのんびりとした口調で言った。「電話で聞いたところ、順調に回復していて、今はギプスをはめた脚で歩きまわっているそうだ」

「元気になってよかったわ」アラミンタは少しばかり心が軽くなった気がした。「わざわざ教えてくれて、本当にありがとう」彼女はコーヒーを飲んだ。

「あなたはロンドンに住んでいるの?」

「いや」

「イギリス人ではないわよね? 名前からすると……オランダの人かしら?」

「そうだ」

「ねえ、別にあれこれ詮索しようなんて思ってはいないの」そっけない返事に乱暴にマグカップを置き、いくぶん厳しい口調で言う。「でも、私があれこれききたがるのは当然だと思わない? だって、あなたがなぜわざわざここへ来たのか、わからないんだもの。叔母が住所を教えたとしたって、メアリー・ローズの回復ぶりなら手紙に書いて送ることもできたでしょうに」

クリスピンは黙ったままアラミンタを見つめていた。そのなんとなく厳しい顔に、彼女が居心地の悪さを感じはじめたころ、彼はようやく口を開いた。

「君にもう一度会いたかったんだ」

なぜ、ときいたほうがよかったのかもしれないが、代わりに口から出たのはまったくの嫌味ではなかったものの、そろそろ帰ってくれないかという言葉だった。「こんな間の悪いときで残念だわ。でも、見てのとおり、ペンキぬりでてんやわんやなの。申し訳ないけれど、お引き取り願えるかしら? ああ、でもコーヒーは飲んでいってね」

クリスピンは笑い出しそうな顔をしたあと、まじめくさった声で言った。「どれほど大変かはわかるよ。刷毛がもう一本あるなら、僕が本棚をぬってあげよう。三十分もあれば終わるはずだ。そうすれば、君だってとても助かるだろう？」

アラミンタは立ちあがったが、そのとたん後悔した。同時にクリスピンも立ちあがったため、そびえたつような長身の彼に比べて自分がちっぽけで不利な立場に置かれたような気になったのだ。彼女は負けまいと冷ややかに言った。「本当にご親切な申し出だけれど、私一人で大丈夫だわ。ありがとう」

「つれないな」そう言って笑った顔は、四十歳くらいの落ち着いている男性というよりは、ジョークを楽しんでいる少年のようだった。

ペンキをぬる作業は夜遅くまでかかった。始めてみると、本棚はなかなか厄介で、高い部分をぬるにはもう一度木箱にのらなくてはならず、クリスピンの寛大な申し出を受ければよかったと思わずにはいられなかった。

次の日の夕方近くになって、ようやくペンキぬりは終わった。それでもまだまる一日以上の休みが残っていたので、次の日は植木鉢や細長いプランターに春の花の球根を植え、玄関先の敷石の上に並べた。アラミンタはその作業にゆっくりと時間をかけるかたわら、ときおり顔を上げては通りに視線を向けた。クリスピン・ファン・シーベルトはまだロンドンにいるはずで、冷たくあしらってしまったけれど、またここへやってくるような気がしたのだ。だが彼が姿を見せることはなく、アラミンタは家の中に入り、髪を洗ってつめをきれいにすると、退屈なテレビ番組を観《み》て早めにベッドに入った。

翌朝、勤務に就いて一時間もたたないうちに、ぎょっとするような爆発音が轟《とどろ》いた。その音は幾度となく反響し、しっかりとした造りの緊急治療室でさえ少しばかり揺れた。

「爆発だわ」事務仕事に追われていたアラミンタは、書類を置いて担当場所に急いだ。こんなことは初めてではない。どうするべきかは誰もがわかっていて、ドクター・ヒッコリーがやってきたときにはすっかり準備は整っていた。負傷者たちは借り出された研修医たちによって、それぞれしかるべき治療を受けるために振り分けられていく。アラミンタは研修医の手伝いをするよう看護学生に指示をして、かかってきた電話に出た。切迫した声によると、重傷者が二十人ほどいるようだ。ほとんどはガラスによる傷だが、まだ閉じこめられている人もいるらしい。

彼女はその情報をドクター・ヒッコリーに伝え、別の研修医に電話で応援を求め、熟練看護師の目で準備にぬかりはないかをもう一度チェックした。数分以内には看護師がさらに数名やってくるだろうし、勤務明けの看護師もまだ病院の近くにいるなら引き返してくるだろう。アラミンタは袖をまくりあげ、そろそろ到着するはずの救急車を出迎えに行った。

救急車の単調なサイレン音はしだいに大きくなり、開け放たれた病院の両開きのドアの前でとまった。

ストレッチャーで運ばれてきた負傷者は二人で、救急隊員に手を貸してもらって自分の脚で歩いてきた負傷者も二人いた。歩いてきた二人はどちらも男性で、埃にまみれ、飛び散ったガラスで細かい傷を無数に負い、ショックから覚めやらない顔をしている。彼らをミセス・ピンクにゆだね、アラミンタはストレッチャーに注意を向けた。どちらも意識がなく、頭や顔にひどい傷を負っていて、そのうちの一人は応急処置として腕を三角巾で固定されている。彼女はさっそく仕事にかかり、あわてることなくてきぱきとドクター・ヒッコリーの指示に従った。ようやく処置を終えて待機している手術室へと送り出したとき、二台目の救急車が到着した。

時間は飛ぶように過ぎていった。誰もが絶え間なく働きつづけ、次から次へと運ばれてくる怪我《けが》人たちの治療にあたった。重傷と思われる者を優先的に医師に診せながら、アラミンタは病棟から手伝いに駆けつけてきた看護師たちが効率的に配置されているか見てまわった。幸い、大半の患者は軽傷で、傷口を縫い、打撲を処置し、温かい飲み物を与えて家へ帰すことができている。だが、重傷を負った者たちは入院を余儀なくされ、そのうちの何人かはしばらくの間絶対安静が言い渡された。傷がひどいばかりでなく、髪がガラスの破片だらけの者もいて、金属の破片やガラスや木片による傷を見落とさないために、アラミンタは服を注意深く切って脱がせた。ガラスだらけの髪も切っていたとき、さらに救急車が到着し、よく知っている救急隊員たちがストレッチャーを押して中に入ってきた。二人ともしっかりしていて信頼でき、めったなことではあわてないのだが、今はひどく心配そうな顔をしている。隣で手伝っていた看護学生にはさみを渡してあとを頼んだアラミンタは、雑然とした場所を急ぎ足で歩いてストレッチャーに近づいた。

「とくに急がなければいけない人なのね」彼女は毛布からのぞいている血の気のない男性の顔に目をやった。

「救出するとき、脚に大きな傷を負ったんだ。深刻な状態だ」

アラミンタはあたりを見まわした。どのスタッフも手いっぱいだ。研修医は子供の患者を連れているし、看護師たちも通常担当している科を超えて動きまわり、ドクター・ヒッコリーは手伝いに駆けつけた内科の研修医とともに年配女性の処置にあたっている。それでも誰かに来てもらわないと。ストレッチャーの負傷者を空いている処置室に運び入れてもらったあと、アラミンタは毛布をめくった。

男性を助けるためには、すぐにでも輸血をする必要がある。アラミンタは救急隊員たちを帰らせ、ワゴンから小さなガラス管を取りあげた。医師を待っている間、血液型検査だけでもしておこうと考えたのだ。採決が終わったとき、彼女は背後から声をかけられた。

外科の上級顧問医サー・ドナルド・ショートだ。「どうやら、助けが必要なようだね」彼のしわがれ声を聞いて、これほどありがたいと思ったことはなかった。「どれどれ、診せてごらん」ジャケットを脱ぎ、患者の足元へとまわる。「採血はすんでいるようだな。よろしい。すぐに臨床検査室へ行って、血液型検査をしてもらってくれ。大急ぎで頼む」そう言いながら、毛布をめくった。「このかわいそうな人のために、最善を尽くそう」

返事をする間も惜しんで言われたとおりに検査室へ向かおうとしたとたん、アラミンタは後ろにいたサー・ドナルドの連れとぶつかりそうになった。そこにいたのはクリスピン・ファン・シーベルトで、あわただしさに追われていた彼女の心が一瞬奇妙にざわつき、すぐさま静まる。今は自分の感情の揺れにかまっている場合ではない。

検査結果を持って戻ってきたときには、二人の医師は動脈用の鉗子《かんし》を使って止血を行おうと忙しく働いていた。サー・ドナルドはちらりとアラミンタを見たが、クリスピンは顔を上げようとさえしない。

「クリスピン、腕の血管を見つけ出してくれ。できるだけ早く輸血を始めたい。それからショー師長、第一手術室に連絡して、五分以内に行くと言ってくれないか」彼はカニューレを腕の静脈に挿入するクリスピンの手元を見守った。「クリスピン、麻酔を頼めるかね？　それと、もっと血液が必要だ、ショー師長」

「もうすぐ届きます、サー・ドナルド」アラミンタはあわてなかった。「届いたら手術室に運ばせます」

「よし。それじゃあ、とりあえずガーゼをくれ」

血圧をはかると、ぎりぎりの数値しかなかった。枕に置かれた患者の顔はショックから灰色に変わり、まだ若いのに老人といってもおかしくなく、アラミンタは患者に同情したが、そんな感情にひたっているひまはない。今は効率よくていねいかつ迅速に動くことが必要で、とくに迅速さは重要だ。同情するのはあとでもいい。

手術室に電話をしようと部屋から出たアラミンタは、ようやく事態が峠を越えようとしているのがわかった。それでも、まだ三人か四人の負傷者が処置室へ運ばれるのを待っていたし、数名の軽傷者たちは傷口の縫合と抗生剤の注射を待っている。アラミンタはミセス・ピンクやゲティと短く言葉を交わし、患者を手術室へ連れていくために大急ぎで戻った。

だがサー・ドナルドもクリスピンも患者もすでにいなかったので、散らかった処置室をきれいにしてから、ドクター・ヒッコリーの手伝いに向かった。それからあとは整理整頓をした。次の緊急事態に備えて、あるべき場所にあるべきものがすべてそろっているようにする。

午前中はあっという間に過ぎた。食事時間もとっくに過ぎたころ、アラミンタは看護師たちを順番に遅い昼食に行かせ、常勤看護師が戻ってきてから自分のオフィスに引っこんだ。そこでは、雑用係のベイツがトレイにサンドウィッチとコーヒーをのせて待っていた。午前中の大混乱の中で自分の果たした役割をほめてもらいたいのか、彼女はなかなか帰ろうとしなかった。

「何杯も紅茶をいれたり」ベイツはため息まじりに言った。「汚れたものをかき集めたりして大忙しだったわ。でもたいしたことはないけどね、ショー師長。あなたやほかの看護師たちときたら、血で真っ赤な手で絆創膏《ばんそうこう》を貼ったり、胸の悪くなるような注射を打ったりしていたんだから」

ベイツはどこか楽しそうだった。彼女は仕事熱心な気のいい老婦人で、アラミンタを尊敬し、退屈しない毎日を楽しんでいるのだった。

「これからも頼りにしているわ、ベツィー」アラミンタは言った。「ショックを受けた人には熱い紅茶がいちばんだもの。あなたがいてくれなかったら、私たちの仕事は倍になっていたわ」

アラミンタがコーヒーに口をつけ、サンドウィッチをかじると、ベイツはうれしそうな顔をして、砂糖のつぼを彼女の方に押しやった。「あの脚がひどいありさまだった若者だけど、あの人は元気になりそう？」

乱れてキャップからはみ出した蜂蜜色の髪を、アラミンタはせっかちに押し戻した。「元気になるといいわね、ベツィー」

ベイツはようやく部屋から出ていこうとしたが、入口で立ちどまって言った。「サー・ドナルドに任せておけば大丈夫よ。ところで、彼と一緒にいた立派な人はいったい何者なのかしら？」

〝私はなにも知らないの〟とアラミンタは嘘《うそ》をついた。なにか言おうものなら、もっと長居されたうえに、コックニーなまりであれこれきかれかねない。

ベイツが出ていったあと、アラミンタはため息をついてうず高く積まれたカルテやノートを引き寄せ、食事をしながら今朝の記録をつけはじめた。だがそれもつかの間で、薬を過剰摂取した男性が運びこまれて、すぐに呼び出された。その後は足首の捻挫、バスにはねられた老婦人、熱湯を入れたやかんでやけどした子供、警官に発見された意識のない高齢者、そして片手ほどの量のプラスチックのビーズをのみこんだ幼児などが、次々と緊急治療室に運ばれてきた。ようやく患者の波がとぎれたころ、お茶の時間から戻った二人の看護学生に器具の整理整頓を任せ、アラミンタは紅茶を飲みに行った。

「なんて一日かしら！　書類を片づけてしまわないことには、仕事を終えられないわ」彼女はちらりと時計を見た。「でも、あなたは時間になったら上がっていいわよ、ドリー」

「でもあなたはどうするの、師長？」アラミンタの忠実な右腕が心配そうな顔をした。

「夕方勤務の看護師が一時間早く来てくれるって話だから、私も七時には帰れるはずだわ」アラミンタは顔を曇らせた。「この先一日か二日はあまり混雑しないことを祈りましょう。そうでないと、あなたの休暇もなくなるかもしれないわ」

ドリーは立ちあがり、カップを集めてトレイにのせた。「そう願いたいわ。まさか休暇を取れないほど忙しくなったりしないわよね？」

一人になると、アラミンタは書類仕事に没頭した。仕事の終わった看護師たちが帰りの挨拶に来たときだけ顔を上げて挨拶をし、一日の労をねぎらう。ミセス・ピンクは四時に勤務を終えていて、最後に顔を出したのはドリーだったが、彼女によると二人の看護師はすでに勤務につき、緊急治療室は今のところはひまだということだった。

「よかった。夜勤の看護師がじきにやってくるけれど、それまでにはこの仕事も終わりそうよ」

だが、その後一度か二度じゃまが入ったせいで、アラミンタの仕事が終わったのはちょうど夜勤の看護師たちがやってきたころだった。要領よく引き継ぎをすませ、制服を脱いだアラミンタは、ほっとした気持ちで病院を出た。帰ったら部屋着に着替え、暖炉にあたりながら夕食にしよう。いいえ、それよりもお風呂が先だ。そうすれば、食べてすぐベッドに入ることができる……。

そんなことを考えていたとき、クリスピン・ファン・シーベルトの静かな声がした。「ひどい一日だったな。君も疲れただろう?」

「こんなふうに音もたてず、そばに来るなんて。驚いて悲鳴をあげるところだったわ」

「それは悪かった。ところで、夕食はこれからだろう?」クリスピンはアラミンタの腕をつかむと、一緒に歩きはじめた。「君がお風呂に入っている間に、僕が用意しておくよ」

立ちどまって彼の提案に対する意見をしっかりと述べたいところだったが、せかされるせいで足をとめることもできない。「あなたに夕食作りを頼んだ覚えはないわ。私はもうくたくたで、誰かをもてなしたいと思ってもできないの。ましてや、そんなことは思ってもいないし」

彼はくすくす笑った。「ああ、そうだろうとも。でも、君にもてなしてもらおうなんて思っていないよ。ただ、君がおいしいものを食べる姿を見たいだけだ。鍵を貸してごらん」

アラミンタは鍵を渡した。言いなりになる必要などないはずなのに、なぜか逆らうことができない。フラットの狭い玄関に入った彼女は、クリスピンがついてこないことに気づくとあわてて振り向いた。不機嫌だったことも忘れて、思わず大きな声で呼ぶ。「ねえ、まだ帰らないわよね?」一人ぼっちで食事をすることが、急に耐えがたく感じられたのだ。

暗くなった外から心強い声が聞こえた。「帰らない。食べ物を運んでいるんだ」〈ハロッズ〉の大きな紙袋をかかえて、クリスピンが姿を現した。「さあ、いい子だからお風呂に入って。その間に、缶詰を開けておこう」

なんだかおかしな気分だ。私がお風呂に入っている間に、よく知りもしない人が夕食の支度をしてくれるのをごくあたりまえに思っているなんて。アラミンタはくすくす笑うとお風呂に入ってさっぱりし、部屋着を着て髪を後ろで一つにまとめた。厳格な叔母が今の私を見たら、ショックで心臓がとまってしまうんじゃないかしら。

クリスピンは居間でワインを開けていた。「腹がすいたな。君は毎日あんなに忙しいのか？」

アラミンタは暖炉のそばの小さな安楽椅子に座った。「これほどひどい日は初めてよ。いつも忙しいことは忙しいけれどね」

「みんなてきぱきと働いていた」彼は言った。「あの若者は大丈夫だろう。サー・ドナルドが申しぶんのない処置をしたから」

「あなたが麻酔をかけた患者のことね」

クリスピンはワインを置き、キッチンに向かった。

「ああ、そうだ。今、スープを持ってくるよ」

なかなかおいしい海老《えび》のクリームスープだった。失礼にならない程度に会話を続けながら、アラミンタはその味を堪能した。彼がスープ皿を下げ、レモンをかけたチキンにポテトチップスをたっぷり添えた皿と、小ぶりのアーティチョークのサラダを運んでくると、彼女はうっとりとため息をついた。

「なぜこんなに親切にしてくれるの？　あなたって一流レストランのコックかなにか？」

クリスピンはワインをついだ。「お嬢さん、僕にはゆで卵すら作れないんだ。ただ店へ行って、あれこれ指さし、君のキッチンで温めただけだよ」

彼女はぱりぱりと音をたててポテトチップスを食べながら、さりげなくきいた。「今、あなたは休暇中なの？」

だが、彼はその質問には答えなかった。「君にロンドンは似合わないな。コーンウォールで崖の下にいたときのほうが、ずっとのびのびして見えた」

あのときのクリスピンの厳しくそっけない態度を思い出して、アラミンタの心にふたたび怒りがわきあがったが、なにも言わないことにした。頼んだわけではなくても、この人はすてきな食事をごちそうしてくれた。無礼な態度をとるわけにはいかない。

「今の仕事は気に入っているか？」彼がきいた。

　アラミンタはまたポテトチップスをかじった。

「ええ、とても。このフラットで暮らせるのも、運がいいのよ」どことなく挑むような言い方だったが、クリスピンはかすかにほほえんだだけだった。

「ああ、そうだろうね。コーヒーを持ってこよう」

　アラミンタはキッチンに向かう彼を見つめた。すてきな人だが、私のタイプではない。自信たっぷりだし、顔立ちが整いすぎているし、そのうえ癇癪《かんしゃく》もちだからだ。それに、思いもかけないときにひょっこり現れるという変わった癖もある。いったいなぜ夕食を買ってきてくれたのだろう？　今日働きすぎだったのは、私だけではないのに。コーヒーを飲みおえるころには、なにかわかるかもしれない。

「あなたは内科医なの？」

　クリスピンは彼女のマグカップに二つ、自分のマグカップに角砂糖を四つ入れた。「そうだ」

「でも、ここイギリスで働いているわけではないのでしょう？」

　彼はふたたび椅子に座って脚を組むと、自分の靴をじっと見つめた。「ひどく詮索好きなんだな」

「そんなことないわ」アラミンタはむきになった。「だって、あなたは夕食どきに押しかけてきたのよ。それに、以前だってまるで私とあなたが昔からの友人であるかのように急に現れた。あなたが何者なのかさえわからないのに、私が喜んで迎えるのが当然だと思っているなんて……」

　クリスピンはマグカップを置いた。「そうかもしれないな。考えたこともなかったが、これだけははっきりと言える。僕がおおむね潔白な人生を送ってきたことは、サー・ドナルドもよく知っている。それから、いかなる意味でも君を傷つけるつもりはない」彼は急ににっこりした。「僕は、黒い瞳で大柄で日焼けした女性が好みなんだ」

アラミンタは思わず鼻を鳴らして嘘をついた。

「私はあなたの好みにも習慣にもまったく興味はないの。そろそろ帰ってもらえないかしら？　すてきな食事をごちそうしてくれて、どうもありがとう。でも、あなたとお友達になれるとは思わないわ」

クリスピンが頭を傾けて大きな声で笑い、アラミンタはあわててとめた。

「やめて。ご近所に聞こえるわ！」そして、彼のコートを突き出した。「おやすみなさい。それから、ごちそうさまでした」礼儀正しく礼を言い、クリスピンがコートを着る間、辛抱強く立っていた。コートを着てますます大きく見える彼に、アラミンタは玄関できいた。「なぜ来たの？」

「もう一度君に会いたかったからだ」

「この間もそう言っていたわ」

突然、クリスピンはアラミンタを抱き寄せ、激しくキスをした。「次も同じことを言うと思うよ。ああ、食器を洗っておけばよかったな」

彼は階段を上がって暗い通りに出ると、おやすみもさよならも言わずに去っていった。アラミンタは先ほどと同じところに立ちつくし、暗くなった外をじっと見つめていたが、やがて中に入って後片づけをした。疲れた頭で今夜のことを考えるあまり、うっかりマグカップを一つと皿を二枚割ってしまったので、ついには考えるのをあきらめてベッドに入る。

とにかく今日は疲れた。朝になったら、少しは頭も働いてくれるだろう。今は、また彼に会うかもしれないということばかりが心に浮かび、ほかのことが考えられない。あの人には我慢がならないのに。次に会ったら、はっきりとそう言わなくては。

3

ひと晩ぐっすり眠ると、驚くほど頭がすっきりとしていた。アラミンタはいつもどおりの時間に起き、朝食をとり、狭い我が家をきれいにして、セント・キャサリン病院へと向かった。肌寒くどんよりした天気はいつもより陰鬱に見えたが、そんなことはどうでもよかった。

いったいなぜドクター・クリスピン・ファン・シーベルトを家に招き入れ、夕食までともにしてしまったのだろう？　考えているうちに、彼女は自分が招待したのではないことに気づいた。彼が勝手に押しかけてきたのだ。そして、いきなりキスをした。初めてではないが、昨日のキスにはなぜか心をかき乱された。彼のことなど好きでもないのに、おかしな話だ。次に会ったら、無礼な態度はとらないにしても、じゅうぶん距離を置いて慎重に接することにしよう。

頭の中でクリスピンとのやりとりを想像しながら緊急治療室へ入っていくと、待合室にはすでに診察を待つ人々が並んでいた。なかには昨日の爆発事故で怪我《けが》を負い、検査を受けるためにふたたびやってきた人たちもいるようだ。負傷者の多くはかかりつけの医者にその後の経過を見守ってもらうよう言われているはずだが、もう一度病院へ来ているということは、彼らにはほかにも疑わしい問題が見つかったに違いない。

クリスピンのハンサムな顔のことなどたちまち忘れ、アラミンタはやってくる患者たちに応対しはじめた。シルヴィアにあとを任せて食事に行くまで、ずっとそんな状態が続いた。

食堂には親しい看護師たちもたくさん来ていて、時間を惜しむように食べ物をかきこんでいたが、みんなの口数が少なくなることはなかった。アラミンタも、昨日緊急治療室から手術室へと送られた患者たちの容態についてあれこれ質問した。

煮こんだフルーツのカスタードクリーム添えを食べながら、誰かがきいた。「サー・ドナルドと一緒にいた男性は誰なのかしら？ 二人が手術室から出てくるところを見たわ。あなた、サー・ドナルドと一緒に治療にあたったって言わなかった、アラミンタ？」

アラミンタは口に食べ物を入れたままうなずいた。

「あの男性も一緒だったの？」

彼女はふたたびうなずいた。「あの人も医者なんですって」

「すてきな人ね」クリスピンのことを話題にした准看護師はかわいらしい顔をしていたが、小生意気で、誰からもあまりよく思われていなかった。「あの人と話したの？」

「ええ」アラミンタは答えた。「患者の脚を切断するのかときいたら、まずは試しに縫ってみると言ったわ」

「つまり、デートには誘われなかったということ？」小生意気な女性がさぐるようにきいた。

「ええ。だって、そんな話を持ち出すような状況ではなかったでしょう？」

准看護師は黙りこんだ。貴重な残り時間、食事をすませた看護師たちは紅茶を飲んで過ごし、それから思い思いに席を立って持ち場に帰った。

「彼女には我慢がならないわ！」持ち場に向かってアラミンタと廊下を歩きながら、パメラ・カーが言った。「ウエスト看護師が休暇の間、ずいぶんと大きな顔をしているんだもの。〝カー看護師、これをして。カー看護師、あれをお願い〟とかって」

アラミンタはくすくす笑った。「私も彼女のことは好きじゃないわ。でも元気を出して、パム。クリスマスが過ぎたら、ウエスト看護師は引退して、あなたがその後任になるのでしょう？　そうとわかったときの彼女の顔を想像してごらんなさいよ」

パメラはため息をついた。「なんだかずっと先のことに思えるわ。それまでいろいろな問題が起こりそう……」

「たとえば？」アラミンタは緊急治療室のドアを開けた。「億万長者があなたにひと目ぼれして、どこかにある豪邸に連れていってくれるとか？」

パメラは笑った。「そうなってみたいものだわ！　でも私よりは、あなたのほうこそひと目ぼれされそうだけど」

「私はそんなタイプではないわ。じゃあ、またね」

午後はのろのろと過ぎていった。病院は平常どおりに戻るために二日ほど患者の受け入れを制限していて、急患は近所の病院に運ばれることになっていた。おかげでアラミンタは事務仕事に時間を割くことができた。この先一カ月の当番表を作成し、報告書を書き、洗濯室や調剤室に電話をかけ、緊急治療室を細かく点検する。点検は定期的にしていて、スタッフたちと良好な関係を築いていても、手加減することはなかった。

すべて完璧な状態であると確認すると、アラミンタは満足して机に戻った。さらに細々とした仕事に追われ、気がつくとお茶の時間になっていたが、外には行かないことにした。そうすれば、ドリーが一時間早く仕事から解放される。看護学生はすでに帰ったから、シルヴィアが五時に来るまで自分と准看護師の二人になるが、アラミンタはドリーをさがして一時間早く帰っていいと告げた。それから厨房《ちゅうぼう》に顔を出して、手があいたら紅茶を持ってきてくれるようベイツに頼んだ。

緊急治療室に戻ってくると、研修医が肩の関節がはずれた患者の治療にあたっていた。関節はうまくはまったものの、その次にどうすればいいのかわからないようすだったので、アラミンタは包帯を手にし、練習が必要だから任せてもらえないだろうかと謙虚な口調で申し出た。

仕事が終わって病院を出たあとは、角の小さな店がまだ開いていたので、パンと豆の缶詰とりんごを買って帰り、簡単に食事をすませた。クリスピンが〈ハロッズ〉のごちそうを持ってきてくれればいいのに。気がつくと、彼女はそんなことを考えていた。

それから数日後、サー・ドナルドとドクター・ヒッコリーの会話から、アラミンタはクリスピンがオランダへ帰ったのを知った。残念ながらそれ以上二人の話を聞くことはできなかったが、幸い、その夜ドクター・ヒッコリーと映画に行く約束をしていたので、映画の前にコーヒーを飲んだとき、彼女は注意深く話題をクリスピンのことへ向けた。「オランダのどこから来た人なの?」

「知らないな。なにが専門なのかとか、詳しい話は聞いていないんだ。だが、ここへはよく来ているらしい。だから、英語も自然だっただろう?」

「ええ、そういえばそうね」

「なかなか整った顔立ちだし、きっと女性陣は大騒ぎだったんだろうな」ドクター・ヒッコリーはくすくす笑った。「たいしたものだよ。もうすぐ四十に手が届こうというのに」

まるで八十歳の老人に対するような言葉に、アラミンタは思わず言い返した。「四十歳なんて、まだ中年にさえなっていないじゃない」ドクター・ヒッコリーがきょとんとした表情を浮かべたので続ける。「そろそろ行きましょうか? 作品を最初からきちんと観《み》たいの」ドクター・クリスピン・ファン・シーベルトの話は、そこで打ち切りとなった。

次の週末、アラミンタはミニを運転して実家に帰った。すばらしく天気のいい朝だったが、空気は身を切るように冷たく、冬がそこまできていることを実感した。朝の渋滞が始まる前に出発したおかげで、まだ道が空いているうちにロンドンを出て高速道路に乗ることができた。車を飛ばし、途中少しだけ休憩してコーヒーを飲むと、高速道路を下りてブリッジウォーターへ向かう。

ブリッジウォーターに着いたあとは、速度を下げて風景を楽しみながらマインヘッドを通り抜け、ようやく静かなダンスターに着いた。彼女はなつかしそうにため息をついて小さな町に入り、ラトレル・アームズ・ホテルを通り過ぎた。大通りに立ち並ぶ小さな店やその向こうのお城を見ながら、教会の先の、手入れが行き届いた家が並ぶ細い道へと入っていく。道のいちばん奥の、ほかの家から少し離れたところにある、大きさはほかの家と変わらないが前に小さな庭がある一軒が彼女の実家だった。アラミンタは車を道の端にとめると、少女のように小道を駆けあがって叔母の腕に飛びこみ、次に父親を、それからトービーを抱きしめた。トービーは年老いた猫で、数年前にふらりとやってきて以来、大切な家族の一員だ。叔母に勧められてコーヒーを飲む間も、トービーはアラミンタの膝で喉を鳴らしていた。

ひと息つくと、彼女は二階にある自分の部屋へ行った。狭くて薄暗い部屋だが、棚には小さいころから集めている装飾品や小物類が並び、ベッドには色あせた羽毛布団がかけられている。キッチンから漂ってくるおいしそうなにおいを堪能しながら、アラミンタは静かな部屋でゆっくり身支度をした。叔母のマーサは厳しい人だが、料理の腕は最高なのだ。

昼食のあとで暖炉を囲んでいたとき、突然クリスピンの話になり、マーサが言った。「それで、あの人はあなたに会いに行ったの？　メアリー・ローズのことを知らせたいって言うから、ロンドンの住所を教えたのよ」

「ええ。そういえば、訪ねてきたわ」アラミンタはさりげなく答えた。

「とてもよく気のつく人ね。親切で、思いやりがあるわ」叔母が言った。「あなたもそう思うでしょう、ウィリアム？」

アラミンタの父親はうなずいた。「それに、ヨットの腕もいい」彼は娘に笑いかけた。二人ともアラミンタが同意するものと思っているらしい。

「ええ、そうね……。お医者様でもあるし。オランダに住んでいて、今はそちらに戻ったみたいなの……」

そんなことまで言うつもりはなかったのに。やれやれ、きっと質問攻めにされる。

だがアラミンタの心配をよそに、父親が言った。

「そうだ、大事なことを忘れていた。ちょうど今朝、おまえのいとこのトーマスから長い手紙がきていたんだ。覚えているか？　いちばん上の伯母さんの息子で、おまえより十歳ほど……いや、もっとかな、年上のはずだ」

「そんなことはどうでもいいわ」マーサが口をはさんだ。「手紙にはなんて書いてあったの？」

「ああ、そうだな。トーマスは役人になり、数年前からアムステルダムに住んで、ヨーロッパ共同市場に関連する仕事をしているらしい。男の子がいて、たしか十歳くらいのはずだ」父親は言葉を切ると、パイプに火をつけた。「トーマスの妻のセルマを覚えているかね？　彼女の体調が思わしくないそうだよ。白血病で、かわいそうに、どうやら長くはないらしい。それで、おまえにアムステルダムに来て、彼女の世話をしたり家事をしたりしてもらえないかと言ってきた。せいぜい一カ月か、あるいは数週間のことらしい。セルマはオランダ語が満足に話せず、家に人を入れたくないとかで、トーマスはおまえを思い出したというわけだ」父親は眼鏡のフレームの上から娘を見た。「まめに連絡をとっていたわけでもないし、おまえだってトーマスのことなどほとんど思い出せないだろうが……」

「あら、覚えているわ。あまり背が高くなくて、少し髪が薄くて、もったいぶった人でしょう？　でも、かわいそうに」アラミンタは父親をじっと見つめた。「私に行ってほしいのね、父さん？」

父親はにっこりと笑った。「トーマスの母親は私の大好きな姉だからね。もっとも、トーマスのことは好きとは言えないが。どうするかはおまえに任せるけれども、病院を休んでもらえたらうれしい。トーマスは金銭的なことはなにも言っていなかったが、おまえが休暇を取るとなると、その間は無給になるのかね？」

「たぶんね。でも何日休めるか、今すぐにはわからないわ。二週間くらいしか行けなくても、少しは役に立つかしら？　それだけあれば、トーマスはその先の手立てを考えることができると思う？　病状によっては、入院しなければならないかもしれないけれど、セルマをイギリスに連れて帰るという方法もあるわ」

「それはいい考えだわ」叔母が言った。「あなたならセルマを説得できるかもしれないわね。本当に入院しなければならなくなると思う？」

「ひどく悪くなればね。今は大丈夫でも、急に悪化することもあるの。今はなんとも言えないけれど、セルマに体力があって、あちらの医師も同意してくれるなら、連れて帰ることはできるわ。セルマに親やきょうだいはいるの？」

「いないんだ。残念ながら」

「二人の息子はどうすればいいかしら？」

「一家は三年ほどあちらにいるようだから、息子はオランダの学校に通っているはずだ。トーマスは息子を手元に置いておきたがるんじゃないかな」

父親と叔母が訴えるような目で自分を見ていることに、アラミンタは気づいた。やっぱり二人は私とは違う時代を生きてきた人で、若いころはしたいことよりもしなくてはいけないことを優先させてきたのだろう。そんな二人には、優先させない人がいるとは考えられないのだ。親族としての義務を果たすために、もしかしたら私が職や未来さえ失うかもしれないことなど、気にもしていないに違いない。血は水よりも濃い、というわけだ。

アラミンタは静かに言った。「ロンドンに戻ったら、病院にきいてみるわ。それくらいは待ってもらえるわよね？　なにか協力はできるはずだわ」父と叔母は安心したような笑みを浮かべ、彼女は報われた気がした。

週末はあっという間に過ぎた。日曜日の朝は教会に行って、古くからの知り合いたちと話をし、午後は海を見に行った。日が差してあたりが晴れ渡ると、ブリストル海峡の向こうのウェールズがとても近くに感じられた。アラミンタはポケットに手を突っこんで砂浜を歩き、石を蹴りながらオランダへ行くことを考えた。知らない国へ行くのは楽しみだ。フランスには何度か行っているが、オランダはもっと異国という感じがする。きっとオランダのことをほとんどなにも知らないからに違いない。

クリスピンはどのあたりに住んでいるのだろう？アラミンタはいつの間にか、そんなことを考えていた。オランダはとても小さな国だから、もしかしたら彼にどこかでばったり出会うかもしれない。彼女は海に向かって石を投げていた手をとめ、顔をしかめた。オランダは人口密度がとても高い、となにかで読んだ気がする。そんな国でばったり出会うことなどあるはずがない。

火曜日の朝、ロンドンに戻ったアラミンタは病院のオフィスへ向かった。緊急治療室はこんでいたが、爆発事故以来、看護師は二人多く配置されていたし、常勤看護師のゲティに三十分も任せられないほどではなかった。

総看護師長のミス・ベストはアラミンタの話を最後まで黙って聞いたあと、むずかしい顔をして目の前の書類に視線を落とした。「そうね、ショー師長、たしかによりによってこんなときに、とは思うわ。なにしろ、今は一人でも多くの看護師が必要だし、あなたは私たちにとってかけがえのない人だもの。でも、あなたの申し出を却下するのが正しいとも思えない。三週間の休暇を許可するからそれまでに戻ってくる、というのではどうかしら？　戻れないようなら、そのときにまた考えましょう。いつ出発するつもりなの？」

「まずはいとこに手紙を書いて、あちらの希望を聞いてみます。それでいいでしょうか？」

ミス・ベストは重々しくうなずいた。「そうね。もちろん、できる限り早く戻ってきてくれるわよね、ショー師長？」

「もちろんです。ミス・ベスト。ただ行ってみませんと、はっきりしたことはなんとも……」

ミス・ベストは机の向こうから気むずかしい視線を向けた。「あまり長引くようなら、看護師長を誰かに代わってもらうしかないわ。あなたをはずすのは気が進まないけれど、ずっと不在のままにしておくわけにはいかないもの」ミス・ベストは元気づけるように続けた。「でももしそうなっても、あなたのためにできる限りのことはするわね」顔から厳しさが消え、笑みが浮かぶ。「前向きに考えて、あなたがすぐに戻ってこられると希望を持ちましょう」

アラミンタはとまどいを感じた。すぐ戻ってくるのは彼女にとってはいいことだが、セルマにとってはいいことではないかもしれないからだ。あたりさわりのない返事をして戻った緊急治療室は、先ほどよりも忙しそうで、じきにここを離れると伝える機会はなかった。そこで遅い食事をとりながら、アラミンタは父親とトーマスに手紙を書いた。いとこに会うことは少しも楽しみではなかったが、本当にセルマの死が迫っているなら、彼と顔を合わせる時間などあまりないはずだ。彼女は手紙に封をしてため息をついた。オランダ行きは父と叔母を喜ばせても、私にとってはちっともうれしい話ではない。

やがて仕事に戻ったアラミンタは、折を見てドリーとミス・ピンクに休暇のことを話した。ミス・ピンクはアラミンタがいない間、勤務時間を増やしてもかまわないと言ってくれた。常勤看護師としての仕事以外に夫と子供二人の世話もしなければならない生活を考えると、かなり親切な申し出だった。

二日後、アラミンタはできる限り早くアムステルダムへ来てほしいという、尊大な言葉の並んだ電報を受け取った。その次の朝、友人たちの温かい見送りの言葉を胸に、彼女はロンドンをあとにした。オランダまでは飛行機で行くことにした。本当はミニで行きたかったのだが、車があっても一人で出かける機会があるとも思えない。たった一週間か二週間の話だろうし、セルマをイギリスに連れて帰ることができれば、もっと短いかもしれない。

スキポール空港に着いたアラミンタは、誰か迎えに来ていないかとしばらく待ったが、それらしい人はいなかった。到着の時間を知らせただけで、迎えに来てくれとは言わなかったのだからしかたない。空港を出てバスに乗ると、市街地でタクシーを拾う。トーマスの住所を運転手に見せ、座席にもたれたアラミンタは、まわりの風景に目をやった。切り妻屋根の細長い家、人や車がたくさん行き交う通り、そして運河を渡ったときにちらりと見えた、青みがかった灰色の水。やがて車は町の中心から離れ、赤煉《れん》瓦《が》で造られた実用本位の近代的なフラットが並ぶ狭い通りへと入っていった。そこを通り抜け、広い運河と平行している大通りに出ると、運河の向こう側にはもっとたくさんのフラットが並んでいた。先ほど見たものよりも背が低く、幅広い窓には花が並び、堂々とした入口の建物と建物の間には芝生が敷きつめられたり低木が配置されたりしていて、秋が終わろうとしているこの時期でさえ、とてもすてきに見える。

半ブロックほど行った建物の前で、タクシーはすべるようにとまった。お金を払ってスーツケースを受け取り、車が行ってしまうと、アラミンタは少しばかり心細くなった。スキポール空港まで迎えに行くことはできなくても、彼女がそろそろ到着するころではないかと、フラットの外に注意を向けるくらいはできるだろうに。玄関ホールに入ってあたりを見まわしても、エレベーターが二機と隅の方に階段があるだけで、人影はない。エレベーターに近づき、その横にある文字を眺めたが、オランダ語で意味がわからず、とりあえず乗って三階のボタンを押した。トーマスの部屋番号は一三五だが、静まり返った三階のエレベーターホールは玄関ホールとまったく同じ造りで、部屋番号は一〇〇よりも下の数だ。

アラミンタはふたたびエレベーターに乗りこんで、五階のボタンを押した。今度は運がよかったらしく、目的のフラットは厚い絨《じゅう》毯《たん》が敷かれた清潔な長い廊下のいちばん端にあった。ドアベルを押すと小さな男の子がドアを開け、じっと彼女を見つめてから非難めいた口調で言った。「アラミンタだろう?待ってたよ」

それほど待っていたようには見えないが、アラミンタはその言葉をのみこみ、笑みを浮かべた。少年の名前を聞いておけばよかった。「こんにちは」

「父さんが書斎で待ってる」少年は言った。「アラミンタが来ないと出かけられないんだって」

彼女はふたたび言葉をのみこんだ。出だしを誤ってはいけない。心配と不安で、トーマスは常識ある行動ができないのだ。しかし書斎にいたトーマスは信じられないほど尊大な態度で大きすぎる机の向こうに座り、不安そうどころかひどくいらだっていた。そしてその第一声もアラミンタの想像とはほど遠く、目の前の書類を脇にどけると、椅子から立ちあがろうともせずに言った。「君の乗ったタクシーが着いたのを、息子のバートラムが見ていた。手紙を書く時間があったら、バスで来るようにと伝えたんだが。そのほうがずっと安いから。それにしても、ずいぶん遅かったな」

アラミンタは椅子に腰をかけると巧みに怒りを隠し、落ち着いた声で冷静に言った。「どうやら気が変わったようね、トーマス。セルマの世話をするために来てほしいということだったけれど、私は必要なくなったと考えていいのかしら?」

トーマスはひどく驚き、うろたえた顔をした。

「なぜそんなことを言う?」

「私が来たことをちっとも喜んでいないようだもの。私は飛行機の到着時間を連絡しておいたのよ。セルマの世話があるから、あなたが空港まで迎えに来ているとは思わなかったけれど、少なくとも私の乗ったタクシーが着くのをバートラムが見たなら、階下《した》まで来るくらいはできたでしょう? それなのに、あなたはここに座って、まるで新しいメイドの面接でもしているかのようだわ」

トーマスは言葉につまった。顔が濃いプラム色になり、ごくりとつばをのみこんでから、立ちあがって机の向こうから出てくる。いとこは背が低く、太っていて、中年というよりは老年に近かった。「申し訳ない」彼はぎこちなく言った。「仕事で頭がいっぱいだったもので。重要な仕事なんだよ。委員会に参加する人たちの――」

「それで、セルマは？」アラミンタはきいた。

「ああ、セルマね。妻は病気を利用しているように思えてならない。体調が思わしくないのはわかるが、なにしろまだ若いんだ。病気でも、もっとがんばろうという気があってもいいのに」

「そう……」アラミンタは深く息をついた。「やっぱり来てよかったわ」

トーマスはその言葉を誤解した。「そう、アムステルダムはすばらしいところだろう？　このフラットも立派だし、僕はメルセデスベンツも所有している」彼は満足げに笑った。「自分で言うのもなんだが、ひどく重要な仕事を任されているんだ」

「セルマはどこなの？」いとこを引っぱたきたいという気持ちが、ますます強くなってきた。

「たぶん、寝室にいるはずだ」

「それなら、トーマス、私はセルマに会ってくるわ。そのためにここへ来たんだから」

トーマスはドアに向かって歩き、アラミンタはそのあとに続いた。「やれやれ。君が来てくれたおかげで、僕はようやくオフィスへ行くことができる」

「昼食には帰ってくるの？」

「いや。セルマはいつも適当になにか食べている」

「それなら、バートラムは？」

「あの子は僕の同僚の子供たちと昼食をとって、四時ごろに帰ってくる」

「あなたは？　帰るのは何時ごろなの？」

彼はうっすらと笑みを浮かべた。「厳しい尋問だな。僕が帰ってくるのは、たいてい六時ごろだ。会わなければいけない人がたくさんいてね――」

アラミンタは容赦なくその言葉をさえぎった。

「夕食の支度や買い物は誰がしているの？」

「セルマがしている。掃除しに来ている女性もいるから、彼女に頼んでもいい」アラミンタににらみつけられて、トーマスはあとずさりし、寝室のドアを開けた。「いとこのアラミンタが来たぞ。二人で旧交を温めるといい。僕は仕事に行く。すでに何時間も無駄にしているんだ。バートラムを学校に送って、そのままオフィスに行ってくる」

アラミンタが口を開く前に、彼は後ろ手にドアを閉めてしまい、彼女は窓際の椅子に座っているセルマに近づいた。数年にわたる病院勤務のおかげで、どんな悲惨な状況でもかわいらしい顔に落ち着いた笑みを浮かべるすべを身につけていたのがとても役に立った。たしかに十年以上会っていなかったが、やせ細り、顔色が悪く、だるそうに座っている目の前の女性は、アラミンタの記憶にあるセルマとは別人だった。「最後に会ってからずいぶんと時間がたっているし、話すことが山ほどあるわね。荷物を部屋に置いてきたら、飲み物を作りましょう」

セルマはほほえんだ。「お出迎えしなかったけれど、気分を悪くしていない？　なんだか疲れが取れなくて。貧血のせいだと思うの」彼女はいったん言葉を切ってから、ためらいがちに続けた。「お医者様によると、私にはつき添ってくれる人が必要なんですって。でも私にはもうたくさんお金を使ったからって、トーマスがいい顔をしなかったの。そんなとき、あなたが看護師だったことを思い出したのよ。来てくれると聞いて、本当にうれしかった。来ないなら、自分でなんとかしろって言われていたの。これ以上お金は使えないって」

心の中は怒りで煮えたぎりながらも、アラミンタは笑みを浮かべつづけた。いとこのいやしさには本当に気分が悪くなる。あんな男が身内にいるのかと思うと、不愉快でならない。アラミンタに用意された部屋も、高価でモダンな家具がごてごてと並んだ狭い部屋だった。彼女はキッチンを点検し、ティーポットに紅茶をいれ、トーストにバターをぬり、トレイにのせて寝室に戻った。

紅茶を飲みながら、セルマはアラミンタにあれこれ話した。途中で疲れて息が切れることもあったが、話せば安心するとわかっていたから、アラミンタはよけいな口出しをしなかった。「貧血で一度か二度病院へ行ったの」セルマは話した。名医と言われる人に薬も出してもらったが、疲れはいっこうに取れず、やがてトーマスはいらだちはじめたそうだ。「トーマスは病院に行く必要などないと思っているの。このところ、二回続けて予約を取り消されたわ。忙しくて、連れていく時間などないって。委員会をいくつもかけ持ちしていて、夜に出かけることだってめずらしくないのよ」セルマはせつなそうに言った。「できることなら、私だってたまには出かけたいわ。バートラムを連れて。あの子はどんどん成長しているもの。だけどそう思っても、トーマスには時間がないし……」

アラミンタはこっそりと鼻を鳴らした。トーマスのような夫は最低だ。「次の検査はいつなの？」「本当は四日おきなんだけれど、トーマスは二週間おきにしてもらえないかってお医者様に頼んでいたわ」セルマの目に涙が浮かんだ。「私は厄介者でしかないのよ」

「いいえ、そんなことはないわ」アラミンタはきっぱりと言った。「じきに具合もよくなるはずよ。だいたい、きちんとした食事もしていないのでしょう？　ちょっと散歩に行くようなことも」

アラミンタはセルマにきちんと服を着せ、居間に連れてきて椅子に座らせ、もう一度キッチンにどんな食材があるかを調べた。そうこうしているうちに、バートラムが帰ってきた。少年はかわいげがなく、まだ十歳だというのにひどくませていた。アラミンタが泥だらけの靴で入ってきた少年を容赦なく叱りつけ、靴を脱いでスリッパにはき替え、手を洗うように言うと、バートラムはひどく理不尽な要求をされたような顔をした。きちんとしつけられることもなく育ってきたようで、母親に対する態度も思いやりに欠け、アラミンタは見ていてひどくいらいらした。

三人で紅茶を飲んだあと、アラミンタはバートラムに宿題をすませるよう言った。彼女にどう接していいかわからず途方にくれていた少年は、おとなしく部屋に引っこんだ。

トーマスは六時ごろ帰宅したが、妻の頬に形ばかりのキスをし、アラミンタにうなずいてみせると、そそくさと書斎に引きあげた。彼女はすぐさまそのあとを追い、爆発しそうな怒りを懸命に抑え、切迫した口調で言った。「トーマス、セルマの状態がひどく悪いのはわかっているわよね？」

彼は机の上の書類に視線を落としたままつぶやいた。「仕事が山積みなんだ。その話はまた別のときに——」

「だめよ」アラミンタは言った。「いつもいつも忙しいだなんて、ばかの一つ覚えみたいに言わないで。そんなこと、あるわけないでしょう？　これだけははっきりさせておくわ。私がここへ来たのは、あなた一人では手にあまると思ったからで、あなたがなにもせずに机に向かっている間、無料の家政婦をするためじゃないの。セルマはどう見てもきめ細やかな世話を必要としている。私の仕事はセルマにきちんと食事をさせ、休息を取らせ、無理のない範囲で体を動かさせることよ。そのために、毎日午後にはいちばん近くの公園に散歩をしに行くから、送り迎えのタクシーを手配して。それからセルマが物事を前向きに考えられるように、シャンパンを買って、部屋に花を飾って、食べたいものを並べて……」

彼の顔がまたもやプラムのような色になった。

「おいおい、アラミンタ、そんな金のかかることを！」

アラミンタは必死に自分を抑え、淡々とした口調で言った。「私はあなたからなんの報酬ももらっていないのよ。看護師に支払うお金が必要だと思えば、安いものだわ。それに」深刻な顔になる。「そんなに長い間ではないはずよ。わかっていると思うけれど」書斎から出ていきかけて、彼女は立ちどまった。「それからもう一つ、なぜ病院の予約をキャンセルしたの？　定期的に診てもらわないと大変なことになるのがわからないの？」

「つき添う時間が取れないんだ。妻は病気ではないと思っていた。ただの疲労で、顔色が悪いだけなんだと」

「妻は元気だ、とお医者様に言ったのは？」

「かなり気分がよくなった、と言っただけで……」

アラミンタは鼻を鳴らし、ドアを開けて出ていった。言いたいことはまだまだあるが、考えなければいけないのはセルマのことだ。

その夜はなかなか寝つけなかった。もう少し長い目でトーマスを見るべきだっただろうか？　疲れていて、短気を起こしてしまった？　朝になったら謝ろう。そう考えて、うつらうつらしはじめた。

だが、六時少し前にトーマスが起こしに来た。ひと晩じゅう具合の悪かったセルマが吐いたので、きれいにしてやってほしいという。「僕は睡眠を取っておかなければならない」彼は不機嫌そうに言った。「予備の部屋で寝ている。八時まで起こさないでくれ」

アラミンタは寝ぼけた天使のような顔に冷ややかな表情を浮かべた。「あなたを起こすつもりなどないわ。それに、朝食を作ってもらえるなんて期待しないでね。私が世話をするのはセルマだけよ」彼女は美しく小さな鼻をつんと上に向け、いとこを置き去りにしてセルマのもとへ向かった。

そしてセルマにつき添い、疲れはてて眠ったのを見届けてから自分の部屋に戻ってうとうととまどろんだ。やがて、玄関をばたんと閉める音がして目を覚ます。トーマスがバートラムを連れて出かけたのだ。キッチンは散らかったままだったが、アラミンタとセルマは気持ちよく一日を過ごした。用意した昼食をいくらかでも病人が食べてくれて、アラミンタはうれしかった。しっかりと休息を取り、午後には冬の冷たい風が直接あたらないようにセルマに暖かい格好をさせ、タクシーで近くの公園に出かけた。ほんの少し散歩してから家に戻って紅茶を飲み、トーストをかじっていると、バートラムが帰ってきた。家に入る際、靴の泥をていねいに落としている姿はうれしかったが、母親に対する態度にはまだまだ問題があった。

トーマスは、前日よりもさらに尊大な態度で帰宅した。アラミンタは淡々とした口調でタクシー代を請求し、シャンパンは買ってきたかときいた。彼は不機嫌な顔でお金を払い、シャンパンを買ってこなかったことについてくどくどと言い訳をしたが、アラミンタはまったく受けつけず、にこやかに言い返した。「その気になれば、電話で注文して、請求書を送ってもらうという方法もあるのよ」

その後二日間は同じような日が続いた。四日目、セルマはほんの少しだけ元気になったように見えた。じゅうぶんとは言えないがとにかく栄養をとり、表情も明るくなり、買い物に行きたいとさえ言うようになったので、アラミンタはなんとか希望をかなえてあげられないものかと懸命に考えた。

診察の日は十一時の予約時間よりずいぶんと早く着いたので、二人は病院内を見てまわった。古い病院だが、外来は現代的な建物に建て替えられ、手続きもわかりやすい。当然のことながら待合室は診察を待つ人であふれ、看護師もおおぜい働いていた。看護師たちを興味深く観察していたアラミンタは、まわりから向けられている視線にまったく気づかなかった。もし気づいていたとしても、蜂蜜色の髪がめずらしいせいだろうと、気にとめることもなかっただろう。彼女はすでに疲れを見せはじめていたセルマに笑みを向けた。「そんなに長くは待たされないと思うけど……大丈夫？」

「大丈夫よ。待つことは苦じゃないわ。たくさんの人を見ることができて楽しい。ここ数日は本当にそうだった。あなたが来てくれてから、楽しいことばかりだわ」セルマはゆっくりと笑った。「そのスーツ、とても似合っているわね」彼女はアラミンタの服を見て言った。茶褐色の地に黄褐色がかったオレンジ色の細かな模様が広がるスーツに身を固め、外出用の革のハンドバッグと手袋、穴飾りのついた靴を合わせた姿はたしかに人目を引く。

「あなただってすてきよ」アラミンタは言った。「あなたの持っているブルーのコートも好きだわ。買い物に行ったら、あのコートに合う服をさがしましょう。コーデュロイがいいかしら、それとも上質のウールが……」服について取りとめのないことを話していると、ようやく診察の順番がまわってきた。

看護師がセルマの名前を呼び、二人のもとへやってきたとき、セルマはあわてたようすで言った。「アラミンタ、一緒に来て。私一人では……」

「もちろんよ」アラミンタはセルマの腕をしっかりと握り、看護師を見た。看護師はほほえんでうなずき、ほかの患者たちの間を通り抜けて二人を向かいの部屋へと案内した。

担当の医師はまだ若いがまじめそうで、声も穏やかだった。セルマに〝おはよう〟と言ってから、アラミンタにいぶかるような視線を向けたので、アラミンタは同席を希望されたと説明した。

医師はうなずいた。「ご家族の方ですか?」

「彼女の夫のいとこで、ここ数日、つき添っているんです」

医師はふたたびうなずき、目の前のカルテに視線を向けた。「二週間前に来てほしかったのですが」セルマのはっきりとしない釈明に耳を傾けおわってから続ける。「診察をしましょう、ミセス・ショー。それから血液検査も。なにしろ、間が空いてしまっていますからね」

彼は時間をかけて診察をし、病気の進行を本人に悟られないように巧みに質問をした。看護師が血液検査の結果を持って戻ってきたとき、彼はまだカルテを書いていた。その結果を医師らしく表情を変えずに目を通し、カルテに数行書き足してからさりげなく言った。

「そうですね、そろそろもっと顧問医に診ていただくのがいいでしょう、ミセス・ショー。ええと、前回は二カ月前ですよね? 顧問医の手が空いているかどうか、きいてきましょう」

医師は看護師にうなずいてみせ、カルテを持って姿を消した。セルマは心配そうに言った。「まあ、なぜ顧問医に? また悪くなったのかしら?」

「そんなことはないわ」アラミンタはなだめるように言った。「定期的にすることなのよ。あなたは顧問医の患者だけれど、その人がすべての患者を毎回診られるわけではないの。だから最初に診たあと誰を担当にするか決めて、治療方法を伝えて、ひと月かふた月ごとにきちんとできているかをチェックするのよ」

ドアの開く音がして振り向くと、先ほどの医師が連れていたのはドクター・クリスピン・ファン・シーベルトだった。

4

エレベーターが急下降するように、アラミンタはあんぐりと口を開けた。まさかふたたび会うなんて思わなかったし、こんなに胸が高鳴るとは。彼女は口を閉じ、黙ってクリスピンを見つめた。

クリスピンはセルマにはにこやかに挨拶をしたが、アラミンタにはそっけなかった。「ああ、また会ったな、ミス・ショー」それだけ言うと、持っていたカルテに視線を落とし、しばらくなにか考えていた。「ミセス・ショー、せっかくいらしたのだから、輸血をお勧めします。かまいませんよね？」彼は魅力的な笑みをセルマに向けた。「すぐに手配しましょう。たいして時間はかかりませんし、一時間ほど休めば、家に帰れます」

セルマは不安そうな顔をした。「まあ、輸血しないといけませんか？　夫にきいてみないと……。でも、輸血をしたら元気になりますか？」彼女はためらいがちに続けた。「今までいろいろな薬をのんできましたが、薬ではだめなのですか？」

「薬ももちろん大きな効果がありますが、輸血には即効性があります」彼はふたたび笑みを浮かべ、やさしくきいた。「最近、疲れやすくないですか？」

「ええ、そうですね」

「もっと元気になることをお約束しますよ、ミセス・ショー。看護師についていってください。廊下の向こう側です。ミス・ショーは輸血が終わるまで待っていますから」

穏やかだが、有無を言わせない口ぶりだ。セルマはアラミンタにちらりと視線を向け、アラミンタが笑顔で励ますようにうなずくと、看護師について部屋から出ていった。ドアが閉まるか閉まらないかのうちに、クリスピンは研修医に小声でなにか言い、研修医も部屋から出ていった。

「それでは、ミセス・ショーがなぜ定期検査に来なかったか、説明してもらおうか」彼は冷たい口調で言った。「このところ二回も検査の予約をキャンセルしている。期日を過ぎてようやくやってきたが、その結果がこれだ」病理研究室からの報告書を手にして振った。「ヘモグロビンの値がひどく悪い。輸血をすれば、少しは元気でいられるかもしれないが、数日のうちにまた輸血が必要になる。それから、また数日のうちに……急速に悪化するだろう」彼はため息をついた。「こうなるとわからなかったのか？君だって看護師なのだから――」

「もちろん、気づいたわ！　でも私がここへ来たのは四日前で、彼女はだるくて着替えもできずにいたの。私のいとこ、つまりセルマの夫は、妻が病気だと認めようとしないのよ。彼女はなんとかやっているけれど、食事も外出も満足には……」

「金に困っているのか？」

「そんなことはないわ。トーマスの車はメルセデスベンツで、フラットは高級住宅街にあるし、家には高級な家具が所狭しと並んでいるもの」

「手を貸してくれる人や通いの看護師を置くべきだと忠告したのだが、いったいなぜ……」アラミンタがいらだたしげに小さく鼻を鳴らすのを、クリスピンは聞き逃さなかった。「最初から全部話してくれないか？」

一瞬、アラミンタは迷った。今目の前にいるのはコーンウォール州で助けてくれたときのような不機嫌な男性ではなく、穏やかで自信に満ちあふれた男性だったからだ。悩みを打ち明けるなら、クリスピン以外に考えられない。彼女は深く息を吸うと、内情をいっきに吐き出し、思わず言った。「まったく、男の人って！」

クリスピンは途中で一度も口をはさまなかったが、ようやくかすかな笑みを浮かべた。「男がみんなトーマスと同じというわけではないよ、お嬢さん。僕たちが考えなければいけないのは、ミセス・ショーにとってなにが最善か、だ。輸血が終わったらすぐに連れて帰り、ベッドに入れてなにか食べさせてやってくれ。朝になったら、ずいぶん気分がよくなっているはずだ。しかし君もわかっていると思うが、それはほんのいっときだ。だから調子のいい間に、無理のない範囲でできるだけ外に連れ出して、できる限り普通の生活を送っていると感じさせてくれ。輸血の予約を入れておこう。ええと……三日後だ。その間に、僕に会いに来るようにと、秘書からトーマスに連絡させよう」彼は椅子から立ちあがった。「残念ながら、ミセス・ショーに残された日々はそう多くはないだろう」

「ええ、そうだろうと思ったわ。私、やっぱり来てよかった」

「僕もそう思う」クリスピンは時計に目をやった。「ミセス・ショーは二時間ほど戻ってこないはずだ。その間になにか食べに行かないか？　食事をすませて、待合室で待ったらどうだ？」

「ご親切にありがとう。でもあなたもお忙しいでしょうし、じっと座ってセルマを待つことはちっとも苦にならないわ」クリスピンはその言葉を気にとめるふうもなく、アラミンタのためにドアを開けた。

「それじゃあ、二十分後に」そう言われて、アラミンタは〝ええ〟と答えていた。

待合室にいた午前の患者はいなくなっていたが、午後からの診察を待つ人々が早くも次々とやってきていた。アラミンタは集まってくる人々を観察しながら、クリスピンと一時間ほど時間を共有できることにわくわくしている自分にあきれていた。好きでもなんでもない人なのに。けれど自分の気持ちに正直になるなら、それは決して真実ではなかった。彼を好きだとは思わないが、関心はある。食事をしながら、彼について聞き出せるかもしれない。どこに住んでいるのかとか、結婚しているのかとか、子供はいるのかとか……。

そんなことを考えていると、クリスピン本人がやってきた。悠然とした足取りで近づいてくる姿には気品が感じられ、イギリスで会ったときの傲慢さやちゃかすような雰囲気は見あたらなかった。

クリスピンはアラミンタを連れてどんよりと曇った寒い外に出たあと、細い道を歩いて、半分ほど席のうまっている小さなコーヒーショップに入った。豪華な花やロールスロイスやシャンパンが似合いそうな彼がこんな店に来るとは意外だが、連れていかれた店に不満を覚えることもなく、アラミンタは熱心にメニューを見た。

「飲み物はコーヒーでいいか？」彼女がうなずくと、クリスピンはさらに言った。「それと、ロールパンにチーズをはさんだブローチェとサラダではどうだろう？」ふたたびアラミンタがうなずくと、カウンターの中にいる女性に注文し、彼女の横に座る。壁と大きな彼にはさまれて、アラミンタは身を縮めなければならなかったが、なぜかいやではなかった。

「ここは話をするのにうってつけの場所なんだ。適度にざわついているし、誰も他人のことを気にしていない。君のことを話してくれ」

コーヒーが運ばれ、アラミンタはクリームと砂糖を入れてかきまぜた。「とくに話すことはないわ」

「君にはわからないことが多い。まずはそこを明らかにしていこう。セント・キャサリン病院には戻るつもりなのか？」

「三週間の休暇をもらったの。もうすでに一週間ほどたっているけれど」アラミンタはロールパンをおいしそうに食べた。

「それで?」

「帰ったころには、私の役職にはほかの人が就いているでしょうね」

「なるほど。早く戻りたいなら、ミセス・ショーの面倒を見てくれる看護師を手配するよ」

彼女はふたたびロールパンをかじった。「そんなの無理よ! トーマスは賃金なんて払わないもの」

「僕が払うと言っても許さないか?」

「許さないでしょうね。だから、私はここにいなければいけないの。とくに、今はセルマが……。仕事ならいつだって見つかるわ」明るくそう言ったものの、あの小さなフラットを引き払って新しい仕事をさがすと思うと、気持ちが沈む。

「ロンドンが恋しいだろうね」すぐ目の前にクリスピンの顔があるので、目が黒いことがよくわかった。

「パンとコーヒーのお代わりは?」

「いただくわ」アラミンタは注文するクリスピンのあがめたくなるほど整った顔立ちを見つめた。

「友人にも会いたいんじゃないか? 君はよくデートに誘われるのだろう?」

「ええ、そうね。そうだと思うわ」

「蘭《らん》を贈られて、ロールスロイスで一流レストランに乗りつけ、食事を楽しむようなデートにか?」どこかあざけるような言い方だ。

アラミンタはコーヒーを受け取って、ミルクを入れた。「そんなわけないでしょう? 研修医はお金なんて持っていないわ。たいてい、食べるのは卵料理とフライドポテトよ。それでもとても楽しいの」

クリスピンはにやりとした。「でも、今日は蘭とシャンパンとふかふかの赤絨毯《じゆうたん》を期待した?」

アラミンタはロールパンを置き、まっすぐに彼を見つめた。「そうね、期待したわ。蘭は思いつかなかったけれど、赤絨毯くらいは。だって顧問医が食事をするのに、近くのお店に行ってロールパンとコーヒーですませるなんて、普通は思わないもの」彼女は顔をしかめた。「でも言わせてもらうなら、私はこれっぽっちもがっかりなんてしていないわ。がっかりしているとしたら、それは食べ物にではなく、一緒に食事をした相手によ」

クリスピンはふたたびちゃかすような笑みを浮かべた。「僕のせりふを取ったな、アラミンタ」

彼女は顔を赤くした。「本当にあなたって失礼な人ね。せっかくいい人だと思いはじめていたのに、やっぱり最初に出会ったときと同じだわ」

「どんなところが？」彼は悪びれるふうもなく、それどころか楽しんでいるようだ。

「不機嫌で、短気で、私のことをあざわらっているところよ」残っていたコーヒーを飲みほし、アラミンタは小さいながらも礼儀正しい声で言った。「ごちそうさま」そして財布に手を伸ばしたとき、大きな手がやさしくその手に重ねられた。

「僕はまさにそのとおりの男だ。いや、もっと厄介かな」クリスピンは穏やかな声で言った。「だが、そんな欠点だらけの僕を好きになれないか？」

アラミンタは座ったまま彼の手を見つめた。力強い手が彼女の手を大切そうに握っている。いざとなったら、彼はこの手で私を助けてくれそうだ。「私はあなたのことをなにも知らないし、あなたという人がわからない。でも、嫌いではないわ」

大きな手に少しばかり力がこめられた。「よかった。それから、シャンパンや赤絨毯ではなくコーヒーとブローチェをごちそうされたからといって、傷ついたりしてはいないだろうね？」

アラミンタは手を引っこめようとしたが、しっかりと握られていて振りほどけなかった。「もちろん。私だったら、よく知りもしない人に高価なランチなんてごちそうしないわ。そんなお金があったら、奥さんやお子さんに使えるじゃない？」

クリスピンの目がおもしろそうに躍った。「僕には妻はいないし、知る限りでは子供もいない」

「あら、そうなの。婚約者もいないの？」

「ああ。それに結婚しようと決めたら、婚約などで時間を無駄にはしたくない」

「そういうところが傲慢なのよ。相手の女性は婚約期間を楽しみたいと思うかもしれないじゃないの」

「僕が結婚しようと思う女性は、そんなふうには思わないだろうね」彼が誰かと結婚すると考えると、なぜかアラミンタは落ちこんだ。病院に戻り、外来で別れ際にもう一度お礼の言葉を口にしたとき、クリスピンはさりげなく言った。「君は本当にかわいらしい女性だ。やっぱり、僕たちは一緒に蘭と赤絨毯を経験しなければ。そう思わないか？」

その言葉に、アラミンタはかっとなった。気楽なガールフレンドのリストに私も加えようという魂胆なのね。彼が結婚しようと思っているかわいそうな女性はどうなるの？「それはご親切にどうも。でも、私はそうしたくないわ」

クリスピンはまったく動じるようすもなく、彼女に笑みを向けた。「変わった女性だな」

腕いっぱいにカルテをかかえた看護師に待ちかねたように話しかけられ、彼は時計に目をやって、振り向きもせずに大股に去っていった。振り向いてくれると期待したわけではなかったのに、アラミンタの心はますます沈んだ。

ちょうど帰り支度ができたセルマは、アラミンタがオランダへ来た当初よりも生き生きとして、ほんのりとピンク色になった頬のせいで若返ったようにさえ見えた。アラミンタは明るくおしゃべりをする彼女につき合った。この状態が長く続くはずもなく、じきにまた具合が悪くなるのは明らかでも、楽しかった。無謀ではあったが、アラミンタはタクシーの運転手にカルフェル通りへ行って、少し待っていてほしいと頼んだ。そこに〈フローム・エン・ドレースマン〉という大きな百貨店があるのだ。ブルーのドレスを欲しがっていたセルマは、たった十五分でお気に入りの一着を見つけた。タクシーに戻って家に帰ると、アラミンタは彼女をベッドに入れ、紅茶を飲んで少し眠るように言った。

その日、セルマのために使った諸費用の請求書を渡すと、トーマスの顔色はぎょっとするような暗褐色になり、自分が妻のために時間を費やしたり心配したりしないからといって勝手にこんな金額を使うとは何事だ、と怒りをあらわにした。その姿を見て、どうがんばってもトーマスに理解してもらうことはできないのだと、アラミンタは悟った。彼はむっつりと黙りこんだまま食事をとり、参加しなければいけない地域の会合があると言い残して家を出ていった。アラミンタはバートラムをさっさとベッドに入れ、セルマとくつろいだ時間を過ごした。セルマは久々に味わった幸せに満足し、三十分ほどでふたたび眠ってしまった。

その後、二日間は穏やかな時間が続いた。三日目の朝、セルマはひどく疲れたようすだった。それでも予定どおり病院へ行き、若い医師の質問に気をふるいたたせて答え、血液検査のあと、看護師につき添われて二度目の輸血に向かった。アラミンタも立ちあがろうとしたが、医師に呼びとめられた。

「ミセス・ショーの病気の進行具合をあなたに話しておくよう、顧問医に言われました。残念ながら、今日の結果はよくありません。前回輸血したにもかかわらず、ほとんど改善が見られないんです。かなり悪いと言って差し支えないですが、私としては本人に伝えるべきではないと思います」彼は真剣な視線を向けた。「賛成していただけますか?」

「ええ、私もそのほうがいいと思います。セルマはここ数日とても幸せに暮らしています。よくなると信じて……」アラミンタは声を震えさせまいと言葉を切った。「ただ、彼女の夫にわかってもらうことはできませんでした」

「それは私たちにとってもずっと頭の痛い点でした。顧問医が今日、ご主人に会う予定だと言っていましたので、説明してくれるでしょう。ミセス・ショーに無理をさせてはいけません。おわかりですよね？　彼女が望むなら、起きているのはかまいませんが、それ以上はだめです。すぐに次の輸血が必要になりますから。体調が悪化したら、かかりつけの医師が自宅に駆けつけ、顧問医は毎日電話で彼から報告を受けるという形になります。終わりは突然やってくるでしょう」医師は親切そうな笑みを浮かべた。

「ジョー家のかかりつけの医師にはもう会いましたか？　ドクター・デ・ホスです」

「会ったことはありません。ですが、たしかいとこが電話で話していたはずです」

アラミンタはその後の二時間を待合室で過ごした。セルマが必要とするかもしれないから、と自分に言い訳してはいたが、心のどこかでクリスピンにまた会えないかと思っていたのだ。しかし彼の姿はどこにも見あたらず、落ちこんだまま、治療が終わったセルマを連れて帰った。

それから数日が静かに過ぎていった。トーマスはクリスピンに会ったというのに、妻に対する高圧的な態度にはまったく変化がなかった。疲れたようすの妻に対していらだちを隠そうともせず、わがままを言うバートラムをいさめることもなかった。トーマスが息子を一人で育てなければならなくなったらどうなるのだろうと、アラミンタは心配せずにはいられなかった。

ある朝のことだった。居間で掃除機をかけていたアラミンタが振り返ると、椅子に座っていたセルマがぐったりしていて、恐れていた事態がついに起きたのを悟った。アラミンタは掃除機のスイッチを切り、意識のないセルマの体を椅子に戻し、かすかに打つ脈を調べて電話に向かった。かける相手は病院にいるクリスピンしか思いつかず、落ち着いた声が聞こえると、なにが起こったかを簡潔に説明した。

「十分以内に行くから、玄関を開けておいてくれ」

彼はそう言って、すぐに電話を切った。クリスピンが到着したとき、アラミンタはまだセルマに蘇生術《そせい》を施していた。「僕が寝室まで運ぼう」彼は挨拶も抜きにしてそう言い、動かないセルマを抱きあげた。アラミンタは先に立ってドアを開け、急いで居間に戻って彼の鞄《かばん》を持ってきた。あわただしく注射の準備をしながら、クリスピンはきいた。「どんなようすだったんだ？」

アラミンタが手短に説明したあとで、うなずく。

「予想どおりだな。倒れるまで、なにか変わったことはなかったか？」

「いいえ、セルマはとても明るかったわ。でも疲れたようすだったから、かかりつけ医にそう伝えてほしい、とトーマスには頼んだんだけれど」

クリスピンは患者の上にかがみこんだ。「ミスター・ショーに電話して、すぐ帰るように言ってくれ。息子はいつ帰ってくる？」

「四時ごろまで帰ってこないわ」

電話をかけると、ミスター・ショーは取りこみ中ですと、ぶっきらぼうな答えが返ってきた。連絡があっても取りつがないよう指示されているらしい。

「奥さんに関することだと伝えてください」アラミンタは言った。「緊急の用事だと」

いらだたしげに息をのむ音に続き、ぶっきらぼうな声が言った。「その必要はないと……」

「いいえ、あるわ。命にかかわることなの」〝仕事のじゃまをするな〟というトーマスのヒステリックな声がしたとき、彼女は思わず叫んだ。「帰ってきて、今すぐに。セルマが倒れたわ。お医者様が一緒にいるけれど、もう意識がないの」

返事を聞かずに受話器を乱暴に戻し、急いで寝室に戻ると、クリスピンと目が合った。彼はベッドから離れ、静かな声で言った。「残念だが、あと数分だろう。まったく反応しない」かがんでセルマの靴を脱がせ、床の上にきちんと並べる。「こうするのがいちばんいい。わかるだろう？　望みはない」

「ええ、わかるわ。ほかになにかできることは？」

クリスピンは首を振った。「なにもない」アラミンタに近づいてその手を取り、自分の手で包みこむ。

「そんな目をするな」

「セルマはまだ三十五歳なのよ。若すぎるわ……」

クリスピンはアラミンタの腕をつかみ、並んで静かにそのときを待った。やがて身をかがめてセルマの脈をとり、体をまっすぐに起こす。「穏やかな最期だった」そして、オランダ語でなにか言い添えた。

「彼女は最期までわからなかったのかしら？」

「なにもわからなかっただろう」ドアの開く音がしたかと思うと、トーマスが足音も荒くやってきた。寝室に入る前からどなり散らしている。「アラミンタ、いったいどういうことだ？　あんなヒステリックな電話をよこすなんて……」しかし寝室の入口に立ったとたん、彼は黙りこんだ。真っ赤だった顔からゆっくりと血の気が引いていく。「なぜすぐに知らせてくれなかった？」

クリスピンは不快そうにトーマスを見た。「奥さんは五分ほど前に亡くなりました。しばらくお二人だけでどうぞ。それから話をしましょう」彼はアラミンタを連れ、部屋から出た。「不愉快な男だ。君の親戚だとはとても思えないよ」

「私だってそう思うわ！　いつもあきれていたけれど、年をとってますますいやな人になったの。それで、私たちは次になにをすればいいの?」

「ドクター・デ・ホスがここへもうすぐやってくる。病院から彼に連絡が行ったから」やせた猫背のドクター・デ・ホスは、困惑した表情を浮かべてすぐにやってきた。クリスピンは手短に自己紹介をすると、小声でなにやら話しながら寝室へと彼を案内したので、アラミンタはキッチンに行った。イギリス人がなにかあるたびに紅茶を飲むように、オランダ人はコーヒーを飲む。彼女はコーヒーメーカーをセットし、カップと受け皿をトレイにのせた。そのとき寝室のドアが開く音がして、トーマスが呼ぶ声が聞こえた。

キッチンから顔を出したとたん、トーマスはいらだたしげに言った。「一つききたいのだが――」

だが、その言葉はクリスピンにさえぎられた。

「ミスター・ショー、それよりも先に、なぜあなたがドクター・デ・ホスに診察の必要はないと言ったのか説明してもらえませんか? 毎日彼に電話するようお願いしたはずですが、そうしなかったのにはなにか特別な理由でも? それから彼から連絡があったとき、ミセス・ショーはとても体調がいいので診に来てもらう必要はないと言ったそうですね。その直前、ミス・ショーから奥さんがだんだん疲れやすくなっているからドクター・デ・ホスにそう言ってほしいと頼まれていたのではありませんか?」

クリスピンはトーマスの目の前にそびえるように立っていた。淡々とした表情ではあったが、アラミンタには彼がひどく怒っているのがわかった。

トーマスはふたたび大声でわめきたてた。二人の医師はかすかに眉を上げただけで、顔色一つ変えることなく黙って彼の言葉に耳を傾けていた。やがてわめいてもしかたないと気づいてようやく静かになったトーマスは、あたりを見まわし、アラミンタに視線を向けた。「君が私に報告するべきだった。なにしろ、セルマの世話をするためにここへ来たんだから。君は看護師じゃないか」

「ミス・ショーを非難するのはお門違いもいいところだ」クリスピンの冷たい声が、ふたたびトーマスの言葉をさえぎった。「あなたは気づいていたはずです。先日、これ以上ないほどわかりやすく説明したのですから」おごそかな声で静かに言い添える。「どこか、書類にサインのできる場所へ行きましょう」

アラミンタは寝室からクリスピンの鞄を取ってきた。彼は礼を言って受け取り、ダイニングルームに向かった。ドクター・デ・ホスが彼に続き、やがて、トーマスもダイニングルームへ行った。アラミンタはキッチンに戻り、コーヒーをガス台から下ろして椅子に座った。ひと段落したら、荷物をまとめてできる限り早くここを出よう。今ならまだセント・キャサリン病院にも復帰できるだろう。もっとも、葬式が終わるまではいなければならないだろうが……。

クリスピンがキッチンの入口に姿を見せ、今夜、この家の人はみんなホテルに泊まるそうだと告げた。

「ミスター・ショーは必要な手配をすべてすませたから、この先、君がしなければならないことはなにもない。息子は学校が終わったらまっすぐ友人の家へ行く手はずになっているので、父親がそちらに赴いて会うそうだ」彼は時計をちらりと見た。「君はなにも心配しなくていい。申し訳ないが、僕は病院に戻らなければならないんだ」

「私なら大丈夫。すぐに駆けつけてくれて、ありがとう」アラミンタははっと気づいた。「まあ、私が電話するべきお医者様はあなたではなかったのよね。病院でも、最初に思いついたのがあなただったの。病院での診察があったでしょうに……」

「研修医たちへの指導があったが、たいしたことではない。うれしかったよ」クリスピンはそう言い、口をつぐんだ。「それじゃあ」

ドクター・デ・ホスもまもなく帰ると、キッチンにやってきたトーマスがこわばった声で言った。

「セルマが運び出されるまで、どこにも行けない」

「それなら、コーヒーでもどうかしら、トーマス。居間に持っていくわ」

二人で黙りこくったままコーヒーを飲んでいたとき、ドアベルが鳴り、トーマスが対応した。座ったままでいるアラミンタの耳に、低い声のやりとりとゆっくりした足音が聞こえてきた。やがてふたたび静かになったので、トーマスのようすを見に行くと、彼は小旅行用の鞄に荷物をつめていた。

「あら、バートラムの荷物を持ってきましょうか？すぐに出るの？」

トーマスはアラミンタと目を合わせようともしない。「あの子のものはもうつめた。僕は行くよ。あの子に母親のことを知らせなければならない。だが、君には五時ごろまでいてもらわないと困る。オフィスから緊急の連絡が入るかもしれないからね」

アラミンタはしぶしぶ同意した。ここに一人で何時間もいるのは気が進まないが、トーマスがなんの手配もするひまがなく職場を離れているのは事実だ。セルマの死に悲しそうな顔などまったく見せていないが、その判断が正しいとは限らない。ショックがひどいだけかもしれない。

トーマスは玄関に向かった。「友人の家から電話する。君は午後なにもすることがないだろうから、セルマの遺品を処分してくれないか？」

アラミンタは恐ろしいものでも見るようにいとこを見つめた。ショックを受けているにしても、あまりな言葉だ。「いやよ。そんなことはできないわ、トーマス。セルマはあなたの妻だったのよ。でもあなたの言葉を聞いていると、それさえ信じられなくなる。私は自分の荷物をまとめて、明日ここを出ていくわ」

彼は信じられないとばかりにアラミンタを見つめた。「それなら、僕はどうすればいい？　バートラムのことはどうする？」

「私がここへ来たのはセルマの世話をするためよ。彼女はもう私を必要としていないし、あなただっていてほしくはないでしょう？　忘れているみたいだけど、イギリスに帰れば、私にも仕事があるの。困るなら家政婦を雇えばいいのよ、トーマス。それからついでに言うと、バートラムだってこれ以上私の顔など見たくもないはずだわ」

「若いくせに、なんて冷たい女なんだ」

「いいえ、トーマス、そうではないわ。冷たいのはあなたのほうよ。それに偽善者だわ」

彼は嫌悪の表情をアラミンタに向けるとドアを開け、さよならも言わずに出ていった。

フラットは恐ろしいほど静まり返った。アラミンタは荷物をまとめてフラットを片づけ、キッチンに座ってコーヒーポットに残っていたコーヒーを飲みほし、やがてなんとなく居間へ入っていった。心にぽっかり穴があいたような気がしてならない。セルマのことはあまりよく知らないが、彼女の死は悲しい。それに同情に値しないとしても、トーマスにまるで同情心がわいてこないことには罪悪感を覚える。この悲しい出来事を心から追い出すためにも、セント・キャサリン病院に戻って仕事をしなければ。

でも、クリスピン・ファン・シーベルトのことはそう簡単に忘れられないかもしれない。アラミンタはその考えを頭から振り払い、窓に近寄って外を見た。十一月初旬とあってすでに日は陰り、絶え間なく吹く風に落ち葉が渦を巻き、道行く人々は冷たい風に自然と身を縮め、頭を低くしている。アムステルダムともお別れだと思うと、残念でならない。もっとも、彼女が知っているアムステルダムはこのフラットと病院までの眺めだけだが。

近くの教会の鐘が四時を告げ、アラミンタはキッチンで紅茶をいれてラジオをつけた。居間の明かりと、玄関にある趣味の悪いガラス製のランプもともした。

明かりがつくと、気持ちが少し落ち着いた。ゆっくりと紅茶を飲み、カップを片づけ、荷物を確認してトーマスからの電話を待ったが、五時になってもいっこうにかかってこない。そういえば、トーマスの友人の名前も住所も聞いていなかった。時計の針は六時に近づいていて、アラミンタはだんだん不安になってきた。なにしろ、彼のオフィスの名前も場所も知らないのだ。トーマスはもうとっくにバートラムに母の死を告げ、今夜の宿泊先の手配もすませているはずで、いくらなんでも遅すぎる。出かけてから四時間もたっているということは、もしかしたらなにか問題が起こって、電話できないのだろうか?

家じゅうを歩きまわり、すべての部屋の明かりをつけ、本を見つけて読んでいたとき、ふたたび時計の鳴る音が聞こえた。外はもう真っ暗だったが、カーテンを閉めようとはせず、窓から窓へと歩いて外を眺め、どうしようか考えた。もちろん、トーマスにメモを残し、自力でホテルをさがしてもかまわないけれど、誰もいないフラットに帰ってくる二人を思うとかわいそうな気がする。もしかしたら、友人の家やいとこのオフィスの住所が書斎にあるかもしれない。しかし書斎の机や棚にはすべて鍵がかかっていて、アラミンタはさらに考えた。神経質なほうではなくても、フラットに一人でいるのはやっぱり気分がよくないものだ。同じ階の人たちに声をかけようにも、ほかの住人と顔を合わせたこともなく、英語も通じないかもしれない。それに、私はここの鍵を持っていない。部屋の隅々まで鍵をさがしたが、見つからなかったのだ。

廊下に出たとたん、いきなりドアベルが鳴った。静けさの中にその音は大きく響き、アラミンタは飛びあがらんばかりに驚いた。ドアベルが間を空けずにふたたび鳴る。誰だかわからないが、気の短い人だ。慎重に玄関に向かい、ドアを開けると、クリスピンが入ってきた。

目の前に立つ大きな体は、見ているだけで安心できた。「通りかかったら、家じゅうの明かりがついていることに気づいたんだ。ミスター・ショーがこんな浪費を許すとも思えないから、ようすを見に来た」彼はあたりを見まわした。「君一人なのか？」

なぜ泣くのか、アラミンタには説明できなかった。けれど涙が頬を伝い、大きくはなをすするばかりで、なにも言えない。

クリスピンは彼女をやさしく抱き寄せた。「トーマスが戻ってこないんだな？　どこへ行ったか、わかるか？」

彼女は首を振り、もう一度はなをすすった。「トーマスは……彼は五時ごろ電話してくるはずだったの。バートラムを迎えに行かなければいけないけれど、その間にオフィスから連絡があるかもしれないから、私は家にいろって言われたわ」

「連絡はあったのか？」

アラミンタはまた首を振り、はなをすすり、クリスピンを見つめた。「どうしていいかわからなくて。いつもはこんなに臆病者ではないのよ」

彼は真っ白なハンカチをポケットから取り出して、アラミンタに差し出した。「こんなことになるかもしれないと、予測しておくべきだった。だが、大丈夫だ。すぐに解決する」

彼女は涙をふいた目でクリスピンを見あげた。

「それじゃあ、トーマスがどこにいるか知っているの？」

「いいや、知らないし、さがそうとも思わない。君は僕と一緒に来ればいい」

「あの、でも……」そのとき、電話が鳴った。「かかってきたわ！」アラミンタは大きな声で叫び、急いで受話器を取った。

トーマスからだった。アラミンタは受話器の向こうから聞こえる言葉に耳を傾けていたが、やがて気色ばんで言った。

「そんな話はお断りよ！　あなたには感情というものがないの、トーマス？　私はこれ以上――」

彼女が握っていた受話器を、クリスピンが取りあげた。「ドクター・ファン・シーベルトだ。君はこんな夜に、アラミンタを一人でこの家に置いておくつもりなのか？」

受話器の向こうから、トーマスの喧嘩《けんか》腰の声が聞こえてきても、クリスピンは動じなかった。

「そんなことは自分でどうにかするべきだろう、ミスター・ショー」そう言って、電話を切った。

「トーマスはなんて？」

「たいしたことではない。準備ができているなら、出発するぞ」

「どこへ？」

「僕の家だ」

「まあ、そんなわけにはいかないわ！」アラミンタはクリスピンから離れ、窓の外に目を向けた。

「男性の家に泊まったらなにを言われるかと心配しているのか、アラミンタ？」

「いいえ、違うわ。私ではなくて、あなたがなにか言われるのではないかと思ったの」

クリスピンはくすくす笑った。「それはご親切にどうも。だが残念ながら、そんな気遣いはよけいなお世話だ。僕は年老いた叔母と一緒に住んでいる。叔母の道徳的基準は今世紀初頭から変わっていなくて、そういったことには誰よりもうるさい人なんだ」

「でも、こんなふうにあなたに甘えてしまうなんて。それよりは、どこか小さなホテルに連れていってくれない？　それで私は大丈夫よ」

「いや、だめだ。そんなことをしたら、君はあれこれ考えこんで、ひと晩じゅう眠れなくなってしまう。さあ、コートを取っておいで」

なにをするべきかを指示してもらえるのは楽だった。たしかに、一人でこのフラットにはいたくない。トーマスはなんて意地悪な人なのだろう……。今着ているものに目を向けることもなく、アラミンタはコートを着て明るい蜂蜜色の髪にスカーフを巻き、ハンドバッグと手袋を持つと、〝これでいいわ〟と口に出して言った。クリスピンに鞄を持ってもらい、家の明かりを消し、先に玄関を出てドアを閉める。

建物を出るまで誰にも会うことはなく、外の道は不気味なほど寂しかった。縁石に乗りあげていたシルバーグレーのオープンカーのドアを開け、クリスピンはアラミンタを助手席に乗せると、鞄を後部座席に置いて運転席に乗りこんだ。その体は大きすぎて、運転席からはみ出している。

すばらしい車に驚きながらも本当にこれでよかったのかしらとアラミンタが悩んでいたとき、クリスピンが穏やかな口調で言った。「おなかがすいただろう？　僕もだ。昼食を食べ損ねてね」

彼は車を発進させ、大通りへ向かった。

「おいしい夕食を期待しよう」

普通の声で普通のことを言われ、アラミンタは元気を取り戻した。革製のシートは座り心地もよく、すっかりくつろいでいた。疲れていて、いろいろ考える気にもなれなかったが、途方にくれた気持ちや孤独感はいつの間にかすっかり消えていた。

5

優雅な車は町の中心部をめざしていた。道は渋滞していたが、クリスピンは人通りのない田舎道を自転車で行くかのように平然と運転していて、アラミンタは街灯に照らされた道をじっと見つめた。今は町のどのあたりを走っているのだろう？　やがて、大通りからはずれた車は古い家の並ぶ狭い道を進んでいった。いつの間にかまわりの家並みは立派になっていて、大きな窓には明かりが光り、通り過ぎざまに部屋の中が垣間見え、アラミンタはひと晩じゅうドライブしていてもいいような気分になった。

二つの運河が交差している橋で車は速度を落とし、丸石が敷かれた道にすべるように入っていくと、角の立派な家の前でとまった。

アラミンタは疑い深そうにきいた。「ここは集合住宅なの？　それとも、あなたの家？」

「僕の家だ。祖先がずっと昔に建てたもので、それ以来誰も変えたがらなかったんだよ。僕もね」

「ずいぶんと大きな家ね」

「妻を迎えるつもりだ、と言っただろう？」

「奥さんと住んだってもてあますわ。さやの中にえんどう豆が二粒しか入っていないみたいに」

「ずっと、と言うわけではない。最近は家族が欲しいと強く思うようになってきたからね」

アラミンタはあきれた顔をした。「そのために奥さんをもらうなんて。かわいそうだわ！」

「そういう意味ではない。妻は僕の人生でいちばん大切な存在になるだろうし、妻にも僕がいちばん大切な存在だと思わせてみせる」クリスピンは車から降り、彼女のために反対側のドアを開けた。「僕の家へようこそ、アラミンタ」

玄関先に立つと、大きな扉が開いた。開けたのはヨットに乗っていたあの年配の男性で、アラミンタは思わず声をあげた。「まあ、またあなたに会えるなんて！」彼女は自分のかかえている問題も忘れ、にっこりと笑った。

アラミンタが差し出した手を見て、男性はかしこまって言った。「私もとても光栄です、お嬢さん」そして、もの問いたげな視線をクリスピンに向けた。

「話せば長くなる、ヨス。説明はあとだ」

ヨスが玄関ホール奥のドアを開けると、その先は長く幅の広い廊下になっていて、突きあたりに螺旋《らせん》階段が見えた。クリスピンはコートを脱いで、彫刻の施された大きな椅子に投げた。

「叔母はもう食事をすませたのか、ヨス？　フローネに頼んで、僕たちにもなにか作ってもらえないかな？　二人とも腹がすいているんだ。それから、ミス・ショーは今夜ここに泊まるから、誰かに部屋を用意させてくれ」

ヨスが立ち去ってから、アラミンタが言った。

「あの人は執事なのね？」

「そうだ。長年、家族ぐるみでつき合っている友人でもある。僕はヨスに泳ぎやヨットやスケートを教えてもらい、今でもヨットには一緒に乗ってもらっているんだ」

「いい人ね……」

クリスピンはにっこり笑った。「本当にそうだ。僕はヨスを心から信頼している」

アラミンタも笑顔になった。「彼もあなたのことを同じように思っているんでしょうね」

「そうだといいんだが。コートを貸してごらん。あとで部屋に案内させるが、その前に叔母のメイベラに会ってくれ」

アラミンタはあたりを見まわした。ずいぶんと立派な廊下だ。大理石の床にはシルクの敷物が置かれ、天井には巨大なシャンデリアが輝き、壁には大きな肖像画が何枚も並び、肖像画と肖像画の間には燭台《しょくだい》が飾られている。時間があったら絵を一枚一枚ゆっくり見てみたい。アラミンタはそんなことを考えながら、二重のアーチ状になった入口を通り抜けて応接室に入った。部屋の中も廊下と同じくらい立派だが、こちらには心地よい家庭的な雰囲気がある。暖炉ではいかにも暖かそうに薪《まき》が燃え、その前では独特なぶち模様の猫が体を伸ばし、さらには犬までいた。

二人を出迎えるようにほえながら近づいてきた毛の長いシェパード犬は、かまってほしそうな顔をしていたが、クリスピンは明るい声で犬を制した。

「おすわり、リッキ!」そして、アラミンタの腕をしっかりとつかんで部屋の奥へと進んでいった。

暖炉脇に置かれた小さくて背もたれがまっすぐの椅子には、小柄な老婦人が座っていた。黒いシルクのドレスを着て、フリルのついた高い襟のまわりにいくつもゴールドのチェーンをつけた、とても華奢《きゃしゃ》な女性だ。メイベラは二人に笑顔を向け、鈴を鳴らすような声でクリスピンになにか言った。アラミンタにはなにを言っているのかさっぱり理解できなかったが、話しながら青く鋭い目が自分に向けられているのはずっと意識していた。しかし歓迎されていないような居心地の悪さは、どうやら思い過ごしだったようだ。彼が英語でアラミンタを紹介すると、メイベラは魅力的な笑みを浮かべた。

「あなたのことをいろいろと聞きたいわ」甥《おい》に負けないくらい流暢《りゅうちょう》な英語だ。「見てのとおり、私は孤独な老人なの。クリスピンが情けをかけてくれなければ、一人ぼっちで暮らさなければならなかったでしょうね」

クリスピンがやさしく笑った。「なにを言うかと思えば。ご自分だってすてきな家を二軒も所有しているではありませんか。それに、僕のほうこそ叔母さんがいてくれなければ困ることばかりです。アラミンタとおしゃべりがしたいでしょうけれど、その前に彼女には部屋へ行って、夕食のための身支度をしてもらいます」

「今夜は泊まっていくの？」

「甥ごさんがご親切にもここへ連れてきてくれたんです。どこにも行くところがなかったので……」そのとき、大柄で恰幅《かっぷく》のいい女性が部屋に入ってきた。こぎれいな身なりをしていて、クリスピンになにか話しかけてから、アラミンタに笑みを向けた。

「彼女はフローネで、ヨスの奥さんだ。君を二階に案内してくれる。英語はまったく話せないが、君なら大丈夫だろう」

アラミンタはフローネと並んで歩きながら、この家をゆっくり見てまわることができたらいいのにとあらためて思った。通された部屋は、二階の廊下を半分ほど進んだところにあり、適度な広さで天井が高かった。すでに温かい室内には十九世紀初頭のものと思われる繊細な家具が備えつけられ、やわらかな色合いのインド更紗《さらさ》が豊富に使われている。鞄《かばん》はすでに運びこまれて、荷ほどきがされていた。部屋には小さなバスルームもついていて、そこには女性が望むものがすべてそろっていた。アラミンタは目を輝かせ、あちこち見てまわった。本当にすてきな部屋だ。顔や髪の手入れをしながら、この家で生まれた娘がこの部屋で暮らすさまを思い描き、知らず知らずのうちにため息をつく。

身支度を整えて先ほどの応接間に下りたあとは、三人でお酒を飲んでから、老婦人を残してクリスピンと二人で別の部屋に移動した。こぢんまりとした部屋はやわらかな光に包まれ、真ん中に円テーブルが置かれている。テーブルには白いテーブルクロスがかけられ、グラスも銀食器もきらきらと輝いていた。アラミンタは簡素な夕食を予想していたが、大きな間違いだった。オニオンスープは茶色い小さな素焼きの器に入れられ、チーズがたっぷりかかっている。その次はさっとゆでた鮃《ひらめ》にロブスターソースがかけられ、サラダが添えられていて、さらにデザートにはロシア風シャルロットケーキまで出てきた。クリスピンがついでくれる辛口のワインにも助けられて食が進み、アラミンタの青白い顔は健康的なピンク色に変わっていた。

食事をしながら、クリスピンは取りとめのないことを話しつづけた。おかげで、アラミンタは不幸だった一日をしだいに忘れ、応接室に戻ってメイベラと一緒にコーヒーを飲むころにはすっかり肩の力も抜け、老婦人からあれこれ質問されてもすらすらと答えることができた。やがて老婦人が自室に引きあげようと立ちあがったので、アラミンタも彼女のあとに続こうとした。だが、クリスピンはドア口で叔母の頬にキスをして応接室から送り出すと、アラミンタが出ていく前にドアを閉めた。「もう少し話さないか？　疲れているのはわかっているし、君にとってはさんざんな一日だったのもわかるが、まだ十時だ。明日のことを少しばかり話し合っておかないか？　イギリスに戻りたいなら、午前のフライトを予約しようか？」

その声はどこかよそよそしく事務的だった。当然といえば当然だ。この人は親切でいろいろと助けてくれたけれど、早く私を送り出したいのだろう。しかしリッキと暖炉のそばに座るクリスピンを見ているうちに、アラミンタは突然予想もしなかった感情にとらわれた。この先、彼と向かい合って座っていることができれば、それだけでじゅうぶん幸せな人生になる気がする。この人は気むずかしい夫になりそうだが、私ならうまく折り合っていけるんじゃないかしら。けれど、彼が結婚するつもりだと話していたことを思い出し、彼女の心は痛んだ。

「悲しそうな顔をしているが、どうかしたのか？」

そうきかれても、話すことができない。「明日はまだ帰らないほうがいいと思うの。わかるでしょう？　トーマスには我慢がならないわ……バートラムにも。でも、二人には手を貸してくれる人が必要よ。せめて、お葬式が終わって家政婦が見つかるまでは。父も叔母のマーサも、私がそうすることを期待していると思うの」

クリスピンはかすかな笑みを浮かべた。「僕もだよ、アラミンタ。それなら、朝になったら送っていこう。明日は九時までに病院へ行けばいいんだが、その前では早すぎるか？　鍵は持っているのか？」

彼女は首を振った。「いいえ。でも、きっとトーマスがいると思うわ。朝になったら誰か来るようなことを言っていたし」

「とりあえず行ってみよう。もし誰もいなかったら、ここへ戻ってくればいい」

「ありがとう。でも送ってくれるだけで大丈夫よ」

彼はなにも言い返さず、ただ笑みを浮かべた。

「お父さんに電話したくはないか？」

「ええ、そうね。連絡させて」

「それから、病院はどうする？」

アラミンタはためらった。ひとたびセント・キャサリン病院に戻れば、クリスピンのことはできるだけ早く忘れなければいけなくなるが、まだ忘れたくない。アムステルダムにいれば、彼に関するなにかを目にする機会があるかもしれない。なんの意味もないとわかっていても、今は残りたいということ以外考えられなかった。「三週間の休暇をもらっているから」

「そうだったね」クリスピンは重々しく言った。

「トーマスは君を見たら喜ぶだろうか？」

「喜びはしないでしょうね。でも、一日か二日料理したり、フラットを片づけたりしてくれる人がいるのは助かると思うわ」

「このままずっといてほしいと言うかもしれない」

アラミンタは首を振った。「そんなことは言わないと思うわ。私にお給料を払わなければならなくなるもの。トーマスから見たらお金の無駄遣いよ。いとこにお金を払うなんて」

クリスピンは長い脚を伸ばして椅子にもたれた。

「君は本当にすてきな女性だ。結婚を申しこまれたことはないのか?」

彼女は少しばかり顔を赤らめたが、気負うことなく素直に答えた。「ええ、あるわ」

「そのたびに断わったのか?」

アラミンタはクリスピンから目をそらしてうなずいた。〝あなたに申しこまれたら、すぐにイエスと答えるわ〟と言ったら、この人は驚くだろうか?

しかし、もちろん彼はプロポーズするはずもなく、どこかからかうような口調で続けた。

「一生を看護師という仕事に捧《ささ》げる決意をした、なんて言わないでくれよ」

「まさか、そんなつもりはないわ。看護師の仕事は大好きだけれど、働くのは生活のためよ」

「オランダは看護師不足なの?」アラミンタは話題を変えた。

クリスピンの目はおもしろそうに光っていたが、それ以上アラミンタの結婚問題を掘りさげようとはしなかった。看護や病院、新しい手術器具についてしばらくおしゃべりをしたあと、ようやく彼女は逃げるようにベッドに入った。ほかの女性ならもっとうまく受け答えできただろうにと思うと、打ちひしがれた気分になる。私はただ自分の仕事についてぎこちなく話すことしかできなかった。いかに退屈な女かをさらけ出しただけで、彼もつまらなかったに違いない。

あれこれと悩んでいたにもかかわらず、アラミンタは居心地のいいベッドであっという間に眠りに落ち、翌朝、紅茶を運んできた大柄の少女に起こされるまで目を覚まさなかった。少女が行ってしまうと、アラミンタはベッドから出てふかふかの絨毯《じゅうたん》を歩き、窓から外を眺めた。今日も空はどんよりしていて、屋根には雨が流れ、濡《ぬ》れた道を早くも車が行き交っている。まるで彼女の気分そのものみたいだ。トーマスとバートラムのことが昨日以上に気がかりだったが、もっと気がかりなことがあった。一時間か二時間後にいとこのフラットまで送ってもらったら、もう二度と私はドクター・クリスピン・ファン・シーベルトに会う機会はないかもしれない。

でも、くよくよしてもしかたない。アラミンタは身支度を整えて階段を下りた。それでも彼の姿が見えたとたんに心臓の鼓動が激しくなったが、その知らぬ顔でおはようを言い、かがんでリッキの大きな頭を撫《な》でた。

クリスピンも明るく挨拶を返した。「僕のことはクリスピンと呼んでくれ。叔母は朝食には下りてこない。それから申し訳ないが、僕は朝食をとりながら手紙に目を通す習慣がある。気を悪くしないでくれるか？　いつも時間に追われているんだ」

「ちっとも気にならないわ」アラミンタは気持ちとは裏腹の返事をした。「私にだって考えなければならないことがたくさんあるもの」

そんなわけで、朝食中は静かだった。そのうえ、トーマスのフラットへ向かう車の中でも、会話らしい会話はなかった。クリスピンは運転しながらもなにか考えているようだったので、今日の仕事で気になることがあるのだろうと思って、アラミンタは話しかけなかった。

家には人の気配があり、ドアをノックして何度もドアベルを押すと、バートラムが出てきた。アラミンタを見た少年は、ずるそうな目でにやりと笑った。

「父さんの言ったとおりだ。きっと戻ってくるから、それまで待っていろって言われたんだ。父さんは仕事に行ったよ。ダイニングルームのテーブルに、しておいてほしいことのリストが置いてある」

クリスピンとアラミンタはびっくりしてバートラムを見つめた。いとこが戻ってきて雑用を片づけるのが当然だと思っているなんて、どこまでずうずうしいのだろう。しかも、リストですって？

だが彼女の怒りにも気づかずに、少年はのんきに言った。「やっと友達のところへ行けるよ。お葬式が終わるまで、学校には行かなくていいんだって」

薄ら笑いを浮かべる。「三日間の休暇だよ！」

アラミンタはバートラムの頬を引っぱたいてやりたくてうずうずした。「まあ、なんて薄情で恐ろしい子なの……」だが、その声はクリスピンの怒りを押し殺した声にかき消された。

「君は中に入れ！　アラミンタに命じられたことをすべて終えて許可をもらうまでは出かけるんじゃない」激怒したその表情と声に、バートラムは思わずあとずさりし、クリスピンを見つめた。「言いつけを守らなかったら、承知しないぞ。素直に言うことをきいて、アラミンタの荷物を部屋まで運びなさい」

バートラムは言われるままに鞄を持ちあげ、アラミンタの部屋まで持っていった。

クリスピンはアラミンタに言った。「残念ながら、もう行かなければならない。僕が必要になったとき、どこにいるかはわかっているね？」彼はすばやく身をかがめてキスをすると、一度も振り返らずに階段を下りていった。

そのあとを走って追いかけたい気持ちを抑え、アラミンタはトーマスが書きとめた数々の仕事に猛然と取りかかった。バートラムがいやいやながらも与えられた小さな用事をこなす間、彼女はキッチンの奥にある狭い洗濯室で山のような洗濯物を片づけた。最初に洗いあがった洗濯物をバルコニーの物干し綱にかけてから、彼女は冷蔵庫の中を点検した。食料はたくさんあるので、コーヒーメーカーをセットし、ふたたび洗濯に戻る。洗濯がすめば、荷物を解く時間ができるだろう。フラットはそれほど散らかってはおらず、トーマスが朝食を食べた後片づけはバートラムにさせた。

洗濯機をまわしながら、コーヒーをいれ、バートラムと座って飲む。少年はすねていた。セルマの具合が悪い間、この子はずっと好き勝手をしていたのだろう。その顔には少しも悲しそうな表情が見受けられなかった。

「家政婦が来ることになっても、あなたは平気なの？」アラミンタはきいた。

バートラムは肩をすくめた。「誰が来たって、別にどうってことないね。でも、父さんはあんたがいるだろうって」

彼女の魅力的な目がきらりと光った。「そんなことを言ったの？　バートラム、私はずっといるつもりなどないわ。お葬式がすんだら帰るのよ」

「いるつもりはない？」少年が大声をあげた。

「そうよ」アラミンタはやさしくきいた。「お母さんが亡くなって寂しい、バートラム？」

「寂しい？　ちっとも。母さんはいつも具合が悪いって言っていた。僕たちのことなんかちっとも考えず、自分のことばかり考えているんだって、父さんは言っていたよ」

アラミンタは思わず涙ぐみそうになった。「そんなことはないわ！　お母さんはいつもあなたたち二人のことを考えていた。でも、体が言うことをきかなかったのよ。それなのに、あなたたちは……」そう言っても、バートラムは肩をすくめただけだった。

「お友達の家へ行きなさい、バートラム」
バートラムと一緒にいることに耐えられなくなり、アラミンタは席を立ってキッチンから出ていった。少年が行ってしまうと少しばかり気分が落ち着いたので、埃《ほこり》を払い、モップをかける。それから昼食は食べる気にならなかったので、夕食の準備をした。六時ごろにはトーマスが帰ってくるはずだ。冷蔵庫にはポークチョップが入っていたし、カスタードクリームもある。野菜もあるから、午後は自分のために使えばいい。

だが結局は洗濯だけで疲れてしまい、ぼんやりと座ったまま、これといったこともせずに時間だけが過ぎていった。いろいろな事柄が頭に浮かんでは消え、気がつくとクリスピンのことを考えていた。彼のことなど考えたって時間の無駄だわ。自分にそう言い聞かせて、アラミンタは洗濯物が乾いているかどうかを見に行った。

夕食がほとんどできあがったころ、トーマスがバートラムを連れて帰ってきた。どうやら少年は父親にあれこれ言いつけたらしい。「君は今朝、バートラムをこき使ったそうだな。息子に家事をさせるなんて気に入らないな、アラミンタ」

「あなただって私にたくさんの家事をさせたでしょう、トーマス？　私に対するあなたの態度だって気に入らないわ」アラミンタのかわいらしい顔がピンク色になった。「私があなたたちのために戻ってきたと思っているなら、大きな間違いよ。私はセルマのために戻ってきたの」

トーマスは気まずい表情を浮かべたが、それも一瞬だった。「三十分ほど書斎で仕事をしてくる。夕食はきっかり七時だ」彼は不機嫌な顔をアラミンタに向けた。「葬式の手配やらなにやらで忙しい一日だったんだ。もちろん、通常の仕事だって手を抜くわけにはいかなかったし」まるで自分が日々の仕事をこなさなければ、世界が滅びるかのような口ぶりだ。

七時五分前に玄関のベルが鳴り、少ししてもう一度鳴った。誰も出る気がなさそうなので、アラミンタが不機嫌な顔でドアを開けると、クリスピンが外の壁に寄りかかっていた。「ずいぶんゆっくりとしたお出ましだな。こき使われたような顔をしているね」

「ええ、そのとおりだもの」エプロンはサイズが合っていないし、髪も乱れている。おまけに一日じゅう考えていた彼が目の前に現れたと思ったら、その口から出てきたのは思いやりのない言葉だなんて。アラミンタはかわいそうな自分の境遇に胸がつまったが、次のひと言を聞いて怒りをやわらげた。

「ああ、よく似合っている。エプロンほど女性をすてきに見せるものはない」笑うアラミンタを見て、彼は元気よく言った。「そのほうがいい！　さあ、エプロンを取って、コートを着て。食事に行こう」

「でも、料理が――」彼女は困った顔をした。

クリスピンは暗い廊下をのぞきこんだ。「誰か帰っているのか？　だが盛りつけたり食べたりするのに、君の助けは必要ないだろう？」彼は中に入ってドアを閉めた。「十分で支度できるか？」

自分を哀れむ気持ちも不機嫌さも消え、アラミンタはうれしそうにうなずくと、廊下の奥へと向かった。部屋のドアを開けようとしたとき、トーマスが書斎から出てきた。「誰が……」そう言いかけ、クリスピンの姿に気づいて黙りこむ。

クリスピンは冷ややかな声で言った。「アラミンタを食事に連れていく」うなり声をあげたトーマスの前を通り過ぎ、突ったっている彼女をそっと部屋に押しこんでドアを閉める。「異論はないだろう？」

「セルマが昨日死んだばかりだというのに、外食とは」トーマスはもっともらしい声で言った。

クリスピンは意地の悪い笑みを浮かべた。「では君は夕食なしですませるのか？　言葉には気をつけるんだな、ミスター・ショー」トーマスは顔を真っ赤にし、〝自分で給仕しなければいけないなんて〟とつぶやきながら、キッチンに姿を消した。

そんなやりとりがあったとも知らず、アラミンタはスラックスとセーターを大急ぎで脱ぐと、数少ない衣類に目を向けた。スーツは昨日着たから、残っているのはジャージー素材のワンピースと厚手のコートだけだ。すばやく着替えて化粧をし、髪をアップにすると、ハンドバッグと手袋をつかんで玄関に戻る。

「鍵は持っているか？」クリスピンがきいた。

アラミンタはうなずいた。「トーマスから今朝、渡されたわ。買い物に行けるようにって」〝いってきます〟を言いにキッチンへ行くと、トーマスはポークチョップを皿に盛っているところで、不機嫌そうな視線をアラミンタに向けた。

「君は家事が下手だな」見下すような言い方に、〝できるだけ早く家政婦をさがせばいいでしょう〟とアラミンタは言い返した。「明日になったら、広告を出すつもりだ。この一年間はセルマがさんざん手を抜き、今度は君が……。男には身のまわりの世話をする人間が必要だというのに」

アラミンタはなにも答えなかったが、鬱積した感情で喉がつまりそうだった。クリスピンはそんな彼女の顔を見て言った。「また頭にくることを言われたのだろう？　僕が君のいとこを怪我《けが》させる前に、さっさと出かけたほうがよさそうだ」

それでも、階段を下りながらアラミンタは言った。「なんだか意地悪をしている気分だわ。あの二人をかわいそうだと思うべきなのに……」クリスピンに腕をつかまれ、彼女は足をとめて彼を見た。

「あの男は妻をかわいそうだと思ったか？　目には

目を、を信条としているわけではないが、あんな男に同情するのはまったく無駄だと思わないか？」アラミンタの腕をつかんだまま急ぎ足で階段を下り、車に向かう。

行き先はライツェ通りにある、ディッケル・アンド・タイス・ホテル内のレストランだった。クリスピンは常連らしく、案内されたのは人目につかない席で、今までどんな女性をここへ連れて来たのかと思うと、アラミンタは激しい嫉妬を感じた。そんな自分に動揺していたせいで、なにを飲みたいかときかれてもすぐには気づかなかった。

夢のような時間だった。なにを食べたのかさえはっきりと覚えてはいなかったが、どの料理もおいしかったこと、静かで落ち着いた雰囲気の中で給仕されたこと、そしてクリスピンが細かく心配りをしてくれてずっと楽しく過ごせたことは印象に残った。彼には本当にいろいろな顔がある。不機嫌なヨット乗り、人あたりのいい医師、完璧な主人役。どれが本当のクリスピンなのだろう？　でも、どれでもいい。どの彼も、アラミンタはいとおしくてならなかった。

ゆっくりと時間をかけて食事をしたあとは、直接フラットには帰らずに、クリスピンの家へと向かった。ヨスはアラミンタを見るととても喜んだが、メイベラは同じくらいいやそうな顔をした。夕食に招待した友人が帰ってしまい、クリスピンたちが戻るまで一人で寂しかったと文句を言い、原因はあなたにあるのだと言わんばかりの目をアラミンタに向ける。そして応接室にぐずぐずと長居し、〝ベッドに入るいつもの時間をとっくに過ぎていますよ〟とクリスピンに指摘されると、さりげなく言った。「あら、アラミンタにさよならを言うのを待っているのよ」その言葉にアラミンタははっきりした意図を読み取り、〝こんなに遅い時間だとは気づきませんでした〟と言って立ちあがった。

クリスピンはかすかな笑みを浮かべただけでなにも言わず、アラミンタを引きとめもしなかった。老婦人がアラミンタに嫉妬しているのは明らかだが、その理由がわからない。メイベラはクリスピンの友人全員に嫉妬するのかしら？　彼が引きとめれば、もうしばらく三人で楽しい時間を過ごせたのではないの？　なにしろ、ここは彼の家なのだから。

クリスピンはアラミンタをフラットまで送る車の中でも、なにも言わなかった。フラットに着くと、アラミンタは急いでおやすみとありがとうを言った。レストランでの時間は楽しかったが、彼と年老いた叔母にはさまれ、立派な応接室で座っていた時間は最高のひとときとは言いがたかった。

彼女が車から降りたあと、クリスピンも降りてきて、トーマスの家の前で彼女の肩に手を置いた。

「叔母は手ごわいだろう？　辛抱してくれ。そのうちきっと大好きになるだろうが、叔母は君に……君がいることに慣れるのに時間がかかるんだよ」クリスピンはアラミンタを抱き寄せて、やさしく穏やかなキスをした。そして鍵を受け取り、ドアを開けた。

「おやすみ、親愛なるアラミンタ」

次の日、トーマスは仕事に、バートラムは友人の家へとそれぞれ出かけてしまうと、アラミンタは昨日のことをゆっくり考えた。私がクリスピンを愛しているからと言って、彼も私を愛しているとは限らない。あの人は親切だけど、捨てられた子犬や財布をなくした老婦人に情けをかけるのと同じ程度の気持ちしかないのかもしれない。その証拠に、親切ではあってもときどきあざけるような態度をとったり、不機嫌な顔をすることがあるもの。家事をしながら、アラミンタはずっとそんなことを思っていた。

クリスピンは次にいつ来るとも言っていなかった。アラミンタは冷蔵庫のチキンで夕食を作りはじめ、じゃがいもの皮をむき、豆の缶を開け、チョコレート味のカスタードクリームを取り出した。献立としては平凡だが、買い物に行く自信がない。なにしろ、トーマスはいちばん近い店がどこにあるのかさえ教えてくれないのだ。午後はアイロンをかけ、チキンをオーブンに入れて、食卓の用意をした。あと一日の辛抱だ。明日が終われば、思い残すことなくイギリスに帰れる。トーマスは自分で家政婦を見つければいいのだ。彼が帰ってきたら、明日の段取りを聞いておこう。葬儀は午前中の予定だけれど、セルマには身寄りもなく、友達も少なかったので、おそらくこのフラットへは誰も来ないだろう。

チキンをあぶりながら肉汁をかけていたとき、電話が鳴って、クリスピンの声がした。「今日は八時ごろになると思う」まるで来ることをすでに話していたかのような言い方だ。「僕の家で夕食をとろう。いいね？　午後は用事が立てこんでいるが、遅くとも八時には迎えに行ける」

「チキンをオーブンに入れたところなの」

「忙しい主婦だな！　トーマスとバートラムが喜んで食べるだろう。それじゃあ、あとで」

出かけると話すと、トーマスはうれしそうではなかったが、文句も言わなかった。なにしろ、あとは食べるだけという形で夕食は用意されているし、さらには出かける準備をする前にアラミンタが皿を洗う時間もたっぷりあったからだ。トーマスかバートラムのどちらかが手伝ってくれれば、もっと時間がかけられたのだが、とにかく彼女は身支度を整えてクリスピンの到着を待った。

二人は軽く挨拶を交わしてフラットをあとにしたものの、車に乗ってからも、アラミンタはあまり話しかけなかった。クリスピンは疲れているようだったし、なにか考えごとをしているみたいだったからだ。彼の家に入る前、彼女は念のためにきいた。

「本当に来てかまわなかったのかしら？　ずっと忙しかったんでしょう？　本当は一人で暖炉脇に座って、なにか飲んだり新聞を見たりしたかったのではないの？」

「新聞の代わりに君に来てもらったんだ」彼は半分笑いながら言った。「たしかに今日は大変な一日だった。だが、ほかの誰より君と一緒にいたいんだよ、アラミンタ」ドアを開けて彼女を中に案内する。「君の存在が僕の中で大きくなっているせいだな」

なんと答えていいかわからず、アラミンタは返事をしなかった。きっと深い意味はないのだ。

ヨスが廊下の奥から現れ、主人のコートを受け取った。メイベラは応接室で二人を待っていた。

老婦人の挨拶には温かみがあり、昨夜の態度はどうやら私の思い違いだったらしい、とアラミンタは思った。夕食は楽しく、メイベラは自分の若いころの話や知人の話で二人を大いに楽しませた。だがあまりにはしゃぎすぎて疲れてしまい、応接室に戻ってしばらくすると寝室に引きあげると言い出した。老婦人はアラミンタを迎えたときと同じくらい心をこめておやすみを言い、甥につき添われて部屋を出ていった。

クリスピンはすぐに戻ってきて、アラミンタに尋ねた。「家の中を少し見てまわらないか？　すてきな絵と、銀製品と、磁器があるんだ」

自慢の品々は図書室に飾られていた。広い部屋の壁には本が並び、磨きあげられた床にはペルシア絨毯が敷かれている。マホガニー製の円テーブルのまわりには座り心地のいい椅子が配置され、手のこんだ彫刻が施されたマントルピースの下では火が赤々と燃えている。陳列棚を一つ一つゆっくりと見てまわったあと、クリスピンは虎のような模様をしためずらしい陶器について説明した。そして、彼のコレクションの中でもいちばん貴重な船の形をした塩入れを誇らしげに見せた。十六世紀初頭に作られたその品に、アラミンタは礼儀正しく感心してみせたが、本当はジョージ二世のものだったという、貝でできた柄がついた砂糖つぼのほうがずっと好きだった。それほど古くもめずらしくもないが、そちらのほうがずっとかわいらしく見えたのだ。

青いベルベットを敷いた張り出し棚にしまわれている、ガラス製品も精妙だった。アラミンタはゴブレットをしばらく眺めていたが、やがてどうやって手に入れたのかときいた。「これってエリザベス朝のものでしょう？　そのころ、イギリスとオランダは仲がよかったの？」

「ずっとではないがね。僕の祖先でイギリス人女性と結婚した人がいて、このゴブレットは彼女が持ってきたものなんだ。その結婚で生まれた娘が今度はイギリス人男性と結婚し、彼らの息子が僕の家族にダイアモンドの装飾がついたワイングラスをくれた。ゴブレットのすぐ後ろにあるのがそうだ。個人的に気に入っている一品だよ。それから、値段がつけられないほど貴重なゴブレットが棚のいちばん上にあるが、そちらは見るたびに申し訳ない気持ちになる。なぜなら、ちっともすばらしいと思えないからね」

アラミンタは笑った。「所有者なんだから、プライドを持たないと」そう言いながらさらに奥へ行くと、小さめの棚に上品な磁器が並んでいた。薄い磁器のティーセットには手書きでスミレが描かれていて、アラミンタは思わず声をあげた。「私はこれがいちばん好きだわ……」

「結婚して最初に、父が母に贈ったものだ。母はスミレが大好きだったから、父が特別に作らせたらしい」クリスピンはちらりと彼女を見た。「母は僕が三十歳のとき、他界した。今から十年ほど前だ。父はその二年前に亡くなった。父と母はかなり年が離れていたが、深く愛し合っていたよ」

「あなたにきょうだいはいないの?」

「カナダに弟が一人と、妹が二人いる。妹はどちらも結婚していて、一人はグローニンゲンに住み、もう一人は夫が橋を造る仕事をしている関係で各地を転々としているよ。そういうわけで、僕に残されているのは叔母のメイベラだけなんだ」

「だったら、なにか行動を起こすべきよ」アラミンタは叫んだ。彼の孤独を哀れむあまり、自分がなにを言っているのか深くは考えなかった。

クリスピンは彼女のすぐそばに立ち、手を取って自分の手で包んだ。「セント・キャサリン病院にはいつ戻るんだ?」

いきなりきかれてとっさに答えることができず、アラミンタはダークブルーの目を見開いて彼を見あげた。「あさってには。お葬式が明日の朝だから、いるのはそれまでだとトーマスに言ったの」

クリスピンの手に少しばかり力がこめられた。

「戻ったら、仕事を辞めるのか?」

「仕事を辞める? なんのために? 私には看護師の道しかないのに」

彼はその言葉を無視した。「病院に戻っても、君は僕のことを考えるか?」

アラミンタはクリスピンから目を離さなかった。

「ええ」

「よかった。はっきりさせておきたいんだが、アラミンタ、君は僕のいいときも悪いときも見てきた。扱いやすい男ではないかもしれなくても、僕は待つことはいとわない。なにしろ君は若いし、まだ世間を知らないから」彼は笑みを浮かべ、口を開こうとするアラミンタを制した。「いや、なにも言うな。今はなにも」身をかがめてキスをする。「さあ、フラットに送っていこう」

6

葬儀当日は最悪の日となった。朝食がすむと、その日もバートラムは友人の家に連れていかれ、フラットにはトーマスとアラミンタだけになった。トーマスは相変わらず苦い顔をするばかりでなにもしようとせず、アラミンタは一人奮闘して家事をこなしていたが、そろそろ終わろうというころになって、葬儀のあと十二人ほどの人がフラットへ来ると急に告げられた。

カーペットの掃除をしていたアラミンタの手がとまった。「トーマス、そんなことは全然聞いていないわ！　コーヒーやサンドウィッチはどうするの？　用意する時間なんか――」

「もちろん、友人たちには食べていってもらうつもりだ。サンドウィッチは届けてくれるよう手配してある。君はコーヒーだけいれてくれればいい」

どこまでいやな人なのだろう！　こみあげてきた怒りを抑えつけ、アラミンタは淡々と言った。「できる限りのことはするわ。それから言いそびれていたけれど、私は明日ロンドンに戻るから。朝一番のフライトを予約したの」本当はまだなにもしてはいない。だがそうでも言わなければ、トーマスはいつまでもあてにしてくるに違いない。あとでフライトの予約をしよう。もうこれ以上ここにいたくはない。誰にも感謝されなかったけれど、できる限りのことはしたのだ。

アラミンタはトーマスの延々と続く文句を半分うわの空で聞いていた。君には忠誠心がない、自分勝手だ、家事や買い物、バートラムの世話はどうする？　そして、なによりも僕の仕事に差しさわりがでたらどうする、などなど……。

彼が息を吸うために言葉を切ったとき、アラミンタはすかさず言った。「でもトーマス、家政婦をさがす時間くらいあったはずよ。それに、あなたの友人たちが力を貸してくれるのでしょう？　いつものように」

「もちろんだ。だが、よりによってこんな日に、帰るという話を持ち出す君にあきれたんだ」

アラミンタは振り返ってトーマスを見た。「こんな日？　あなたにとって、今日はほかの日となんの変わりもないでしょう？　セルマの死を悲しんでもいないくせに」彼女はキッチンへ行き、カップや皿を乱暴にトレイにのせた。今日という日が早く終わってほしかった。

だが、それから四時間後に教会の鐘が鳴ったころ、今日という日はまだ長いのだ、とアラミンタは思い知った。トーマスの友人たちはいっせいにフラットへ押しかけてきて、アラミンタの配るコーヒーを飲んだり、サンドウィッチを食べたりした。サンドウィッチはあっという間になくなったので、彼女はキッチンへ行って追加しなければならなかった。友人たちはみんな大きく甲高い声で話し、トーマスを哀れみ、アラミンタに非難の目を向けた。トーマスは友人たちを味方につけていたのだ。しかし、セルマの名前を口にする者は一人もいなかった。アラミンタはさっさとキッチンに引っこみ、山のようにたまった食器を洗いはじめた。洗うつもりはなかったのだが、手持ち無沙汰だったし、カップや皿はあたりに投げつけるより洗ったほうがいいに決まっている。半分ほど洗いあげたころ、ドアベルが鳴った。あんなに騒いでいるのでは誰も気づかないだろうと思って、アラミンタはエプロンで手をふき、玄関のドアを開けに行った。

大きな体をすべりこませるように入ってきたのは

クリスピンだった。彼の姿を見ただけで体じゅうが喜びで震え、アラミンタは泡だらけの手を彼の首にまわしてしまわないよう懸命に自分を抑えた。

クリスピンは後ろ手にそっとドアを閉め、ゆっくりと彼女を見つめた。「まるでシンデレラだな。なぜエプロンをしているんだ？」

「洗い物をしていたの。トーマスが友人たちを連れて戻ってきたから……」アラミンタが声をつまらせると、彼はやさしくその肩に手を置いた。

「エプロンをはずして、コートと頭をおおうものを持っておいで。外は冷えるからね。出かけるよ」

「出かける？　病院はどうするの？　あなたの患者たちは？　まだ昼の一時を過ぎたばかりで……」

「もっと働けと言いたいのか？　たまたま、今日は半休を取っておいたんだ。さあ、コートを取っておいで」

「トーマスはどうするの？」

「トーマスのことは僕に任せて」クリスピンは淡々とした声で言ってほほえんだ。

五分後、クリスピンと階段を下りていたとき、アラミンタはあらためて心配そうにきいた。「トーマスは怒っていたんじゃないの？」

「まあね、お嬢さん。だが、たいしたことはない。それより、明日は何時に発《た》つんだ？」

彼女は踊り場で足をとめた。「できるだけ早くここを出ていきたいの。飛行機は何便も飛んでいるし、船で帰ってもいいわ」

「僕に任せてくれ。それが君の望みなら、すぐに電話してフライトを予約するよ。病院には連絡したのか？」

アラミンタの愛らしい目が大きくなった。「いいえ、まだよ。すっかり忘れていたわ」

クリスピンは彼女の腕を取ると寒々とした外に踏み出し、道を横切ってロールスロイスに近づいた。

そしてドアを開けて、中に入るよう身ぶりで示した。

「いつもの車は？」アラミンタはとまどってきいた。

クリスピンはボンネットの前をぐるりとまわって運転席に座った。「家にある。遠出するときは、こちらを使うんだ」そう言って、笑みを向ける。「コーヒーとパンのうめ合わせになるといいんだが」

「ロールスロイスに乗るのは初めてよ。でも、遠出って？」

「そんなに遠くではないよ。海へ行って君の白い顔にちょっと赤みをつけたら、フリースラントに行き、フェルウェを通って戻ってくる。フェルウェはオランダでもっとも美しい場所の一つなんだ。着くころにはすっかり暗くなっているだろうが、道すがら、この国の風景を楽しむことができる」

「まあ、すてき」アラミンタは目を輝かせた。「ひどい一日だったけれど、今は最高の気分だわ！」

クリスピンはロールスロイスを運転して往来に出たあと、町を抜け、ろくに話もしないでデン・ハーグへ向かう高速道路に乗った。たくさんの車が走っていたが、渋滞しているわけではなく、ロールスロイスはスピードを出しながらも静かに進んでいった。

そのとき、彼が唐突に口を開いた。「今朝のことを聞こうか？　話したほうが楽になるだろう？」

アラミンタは深く息を吸った。「あら、いいの？　私の胸が軽くなるだけで、あなたには――」

「ぜひ話してくれ、いとしい人」

私はあなたのいとしい人じゃない。少なくとも、私はそんな関係だとは思っていない。たしかに彼は私に好意を持ってくれているけれど、その気持ちが好意以上のものなのかどうかを見極めるために、いったん距離を置こうとしているようにも見える。けれど、恋に落ちる過程は何通りもある。なかにはゆっくりと時間をかけないと、自分の気持ちがはっきりわからない人もいるのかもしれない。

「さあ、話してごらん」クリスピンにもう一度言われたアラミンタは、頭の中にあるものを振り払い、今朝の出来事を話しはじめた。胸につかえていたことをあれもこれもと話す間、彼はずっと耳を傾けてくれていた。やがて話が終わったとき、クリスピンはやさしい声で言った。「少しは気持ちが晴れただろう？　ちょうどデン・ハーグに着いたところだ。スヘフェニンゲンで海を見ながら散歩したら、君の頭の不幸な考えもすっかり消えてなくなるよ」

彼はアラミンタが興味を持ちそうな場所をあれこれ指し示してこみ合う道を進んでいき、海まであと三キロほどになったころ、ふたたび車のスピードを上げた。

とても散歩日和とは言えない日だった。突風がほえるように顔に吹きつけ、大きく厚い灰色の雲が海と二人の頭上の空をおおっている。アラミンタはクリスピンの腕につかまり、まともに風を受けながらもきびきびと歩いた。豊かな髪がスカーフからはみ出し、目はうるみ、話をすることはおろかまともに息をすることさえできなかったが、気持ちは高揚していた。「最高にいい気分だわ！」

クリスピンは立ちどまって振り返った。「頬が赤い。それに鼻も」彼はかがんで軽くキスをすると、ふたたびアラミンタと歩きはじめ、車に戻ると言った。「お茶でもどうかな？」

願ってもない言葉だが、アラミンタは頭に手をあてた。「でも、無理だわ。髪がこんなにぼさぼさなんだもの」

「それなら、直したらいい」ヘアピンやくしを使って髪を直す彼女を、クリスピンは辛抱強く待ち、〝すてきに見えるよ〟と安心させるようにほめた。

ビクトリア朝そっくりのすばらしい雰囲気を漂わせる〈メゾン・クルル〉で、二人は紅茶を飲んだ。午後もまだ早い時間だったせいか、客はまばらだ。

アラミンタは初めて見るような贅沢《ぜいたく》なケーキを食べたが、クリスピンがここへ連れてきてくれたのは、女性がこういう場所を好きだと知っているからで、ほかの女性とも来たのかと思うとおもしろくなかった。きっと彼は知り合った女性を必ずここへ連れてくるに違いない。そんなことを考えて思わず顔をしかめたアラミンタを見て、クリスピンはなにか悩みでもあるのかときいた。「なにも」彼女はあわてて言った。「ところで、仕事のない午後はいつもなにをしているの?」

「ああ、もちろん今と同じことだよ。かわいらしい女性をお茶に連れ出しているんだ」

ばかなことをきいてしまったとアラミンタはうつむき、しばらく黙りこんでから冷ややかに言った。

「きっと楽しい時間を過ごすのでしょうね」

クリスピンは彼女をからかうのが楽しくてしかたないようだ。「僕も楽しんでいるよ」小さな円テーブルの向こうから、彼はにっこりと笑った。「ケーキのお代わりは?」

「いいえ、いらないわ」この人は何人くらいの女性に同じことを言ったのだろう?

すると、まるでその考えを読み取ったかのように、クリスピンは静かな口調で言った。今度はからかっているようすはまったくない。「僕が君をお茶に誘ったのは、ただかわいらしいからではないよ、アラミンタ」

ふたたび車に乗り、二人は先を急いだ。きちんと見てまわるには数日かかるということでライデンは迂回《うかい》し、アルクマールへ向かう高速道路に乗って、そこからほとんど車の走っていない田舎道へ下り、大堤防に向かう。いつの間にか空気は澄みきり、ぼんやりした太陽が地平線に近づいていたが、それでもまだ景色を眺めることはできた。クリスピンは外を見てはあれこれと説明を続け、アラミンタは何事も見逃すまいと忙しく視線を走らせ、いくつも質問をした。そのたび、彼は辛抱強く答えてくれた。

気がつくと大堤防を渡っていて、フリースラント本土に着いたあとは、ハルリンゲンから幹線道路をはずれてフラネケルの景色を楽しんだ。その先にあるレーワンデンに着いたころにはすでに暗くなりかけていて、あたりには明かりがともり、通りは買い物客であふれていた。ロールスロイスは強力なヘッドライトで行く先を照らしながら南へと走り、ヘーレフェーンを抜けてステーンウェイクからメッペル、デフェンテルと通り過ぎた。景色が見えなくなっても、車は音もなくなめらかに進んでいく。このままどこまでも行けるような気がして、アラミンタは時間がたつのも忘れていた。

やがて、クリスピンが言った。「アーメルスフォールトの反対側を数キロ行った先で夕食にしよう」

その言葉で、アラミンタは自分がひどく空腹であることに気づいた。

アーメルスフォールトで幹線道路からそれ、スケルペンゼールに向かって田舎道を進む。そこは大きな村で、クリスピンが古い田舎宿の外に車をとめると、アラミンタはひと目でそこが気に入った。料理もその外見を裏切らない味で、旺盛な食欲を発揮しているうち、彼女の頬はほんのりと色が差し、目もきらきらと輝いてきた。

二人はゆっくりと食事を楽しんだ。ほかには客らしい客もなく、ゆっくりしていてもせきたてる者もいない。温かさとおいしい食事のせいで、アラミンタはすっかり饒舌《じょうぜつ》になり、クリスピンにやさしく尋ねられるまま、思った以上にいろいろなことを話した。アムステルダムに戻るために車に乗りこんだとき、時計を見て呆然《ぼうぜん》とする。「もう九時を過ぎているわ！　ちっとも気づかなかった。ずいぶん長いドライブだったのね……」

クリスピンはにっこりと笑った。「五百キロ足らずの距離だ」

「そう言えば……今朝のことをすっかり忘れていたわ」彼女は正直に言った。

「それが僕の狙いだよ」

「飛行機の予約もしていなかった。もう遅いわね」

「そんなことはないだろう。家に帰ったら、スキポール空港に電話しよう」

ふたたびアラミンタの肩から力が抜けた。面倒を見てもらえるというのは、とてもいいものだ。計画を立てたり、時間やフライトを気にしたり、料理を作ったりしなくていいのは。アラミンタは幸せな気分の中で目を閉じてうとうとし、やがてクリスピンの肩に疲れた頭をもたせかけた。

家に着くと、クリスピンはやさしくアラミンタを起こし、眠ったことを謝る彼女に言った。「君の頭は僕の肩にぴったりだ。楽しい経験だったよ」

彼の笑顔に、アラミンタの心臓はとまりそうになった。ヨスにドアを開けてもらって中へ入り、やわらかな明かりが照らす廊下を通って奥のこぢんまりとした部屋に入る。クリスピンが空港に電話をする間座って待っていると、ヨスがコーヒーを持ってきてくれた。アラミンタは美しい銀のコーヒーポットから華奢《きやしや》な磁器のカップへ細心の注意を払ってコーヒーをつぎ、クリスピンに渡した。「もう帰らないと。すっかり遅くなってしまったわ」

クリスピンは彼女の向かいに座った。「明日の正午の便を予約した。僕はその時間病院を離れられないが、ヨスが君を拾って空港まで連れていく」遠慮しようとしても、彼は反論させなかった。「いや、アラミンタ、議論はなしだ」

「本当になにからなにまで親切にしていただいて」彼女は口ごもりながらお礼を言った。

「君と僕はそんな水くさい仲ではないだろう?」彼

は静かな口調で言った。

アラミンタがカップを受け皿に置くと、かたかたと音がした。「もう一度病院で働くなんて、なんだかひどく奇妙な感じがするわ。別の人生を始めるような」

「じきに慣れるよ。君にまた会うという約束はしない、アラミンタ。計画を立てて実行するのは、僕にとってむずかしいことだからね。わかるか？」

「ええ、もちろんよ」彼女は明るく言ったが、口の中は乾いていた。つまり、わざわざ会おうとは思わないということ？　平静を装おうとしても声がこわばる。「いろいろと助けてくれて、ありがとう。あなたがいなかったら、どうなっていたことか。でも、二人が再会できたなんて本当に不思議よね？」

「ちっとも不思議ではない。すべて意味のあることだ。イギリスの詩人テニスンを知っているか？　彼の詩にこうある。〝これ以上きくな。君と僕の運命は決まっている……〟」クリスピンはしばらくの間、アラミンタを見つめた。「君は二十五歳だね、アラミンタ。そして、僕はもうすぐ四十歳になる。十五歳の差は大きい……僕にとってではなく、大きな青い目と蜂蜜色の髪を持つ君にとっては」年齢などちっとも問題ではないのに。そのことをなんとか伝えたくてアラミンタは言葉をさがしたが、口を開く前に、クリスピンは立ちあがった。「なにも言わなくていい。イギリスに戻ったら、今どう感じていようとも、君は僕のことを忘れる」

あまりにも一方的な言葉に、アラミンタは異議を唱えようとした。だがクリスピンはチャンスを与えず、まるでさっさと帰ってほしいと言わんばかりに彼女の腕をつかんでドアに向かった。突然、よそよそしく不機嫌になったクリスピンを見て、なにを言おうと彼の心に届くことはないのだ、とアラミンタは思った。そしておとなしく車に乗り、フラットへ向かううちに、絶望と怒りすら覚えた。チャンスさえ与えてくれないなんて……。

フラットの前にやってきたとき、クリスピンはアラミンタから鍵を受け取ってドアを開けた。「ヨスは十時半に迎えに来るから」その態度はふたたび気楽で心やさしい友人に戻っていた。キスもほんの一瞬の形式的なもので、なんの意味もなかった。それから、彼は口笛を吹きつつ階段を下りていった。

アラミンタはベッドに入ると、泣きながら眠りについた。聞く耳を持たない人に、愛しているという気持ちをどうやったら伝えられるのだろう? 翌朝、ひどい頭痛とともに目覚めた彼女は、解決できそうもない問題をいっきに思い出し、いっそう気持ちが重くなった。

ロンドンに戻ると雨が降っていた。アラミンタは狭い自分のフラットのドアを開けて片っぱしから明かりをつけ、コートを脱いだ。明るくなると、フラットも少しは楽しいところに思えた。まずは紅茶を飲み、それから父に電話して戻ったことを伝えよう。打ちのめされそうな孤独に負けまいと気丈にふるまい、スーツケースを寝室に運びこむ。荷物を解かなければならないが、まだ時間も早く、今日はほかにすることもないと気づいて、彼女はたじろいだ。けれど、朝になったら仕事が始まる。病院で働いていれば、時間などあっという間に過ぎていくだろう。

アラミンタは座って紅茶を飲みながら、オランダから帰るときのことを思い出した。ヨスは時間どおり迎えに来て、空港まで車で送ってくれた。そのとき、トーマスはすでに仕事に出かけていた。面倒くさそうなさよならの挨拶と、さらにいやいやながらお礼を言われたあとだったので、彼女はヨスの姿を見て少しばかり元気になった。ヨスは口数の多い男性ではなかったが、ちょっとしたおしゃべりにもきちんとつき合ってくれたし、スーツケースを預けて航空券を発券してくれたうえに、雑誌を何冊も買って、アラミンタが飛行機に乗りこむまで父親のように見守ってくれた。乗りこむ直前に振り返ると、ヨスは遠くからまだこちらを見ていたので、彼女は手を振った。ヨスばかりでなく、ほかのさまざまなことに別れを告げたつもりだったが、はっきりと自覚していたわけではなかった。

ようやくアラミンタは立ちあがり、カップを洗うと荷物を解いた。買い物に行かなければ。家には食べるものがなにもないし、明日の朝は買い物をしている時間などないだろう。ミス・ベストにも会いに行かなければならないと思って、彼女はため息をついた。セント・キャサリン病院へ戻るのが、突然退屈でおもしろみのないことに思える。職場を変えて、どこか別の土地で働こうか？　それとも、ダンスターに帰って一週間ほど気分転換しようか？　どれも今一つだと思っていると、ドアベルが鳴った。

シルヴィアかもしれない。あるいは友人の誰かかも。勤務が終わって、私のようすを見に来てくれたのかしら。だが玄関先に立っていたのは知り合いではなく、どこかの配達員で、編んだバスケットを突き出した。

「私に？」アラミンタは驚いて尋ねた。

「ミス・ショーですよね？　ここにサインを」

サインしてチップを渡すと、アラミンタはバスケットを居間に運んだ。薔薇《ばら》の花束は赤、ピンク色、クリーム色、白など少なくとも二十本はあり、カードがついている。そこに書かれた言葉に、彼女は肩を落とした。〝アラミンタへ、さよならの代わりに。C・V・S〟

家にある花瓶を全部持ってきて花を飾りながら、アラミンタはカードの言葉に思いをめぐらせた。いくつかの意味が考えられるが、すべてをじっくり考えた中でいちばん可能性が高いと思われるのは、こういうことだろう。つまり、私に対しては単なる好き以上の気持ちがあるけれど、それだけではじゅうぶんではない。だから、僕は君との関係を考え直すことにした……。薔薇の甘い香りをかいで彼女は少しばかり涙を流し、勢いよくはなをかむと、花瓶を部屋のあちこちに置いて買い物に行った。

だが、クリスピンの姿が頭から離れず、ほかのことがなにも考えられない。〝なにも言うな〟と言われたとき、無理にでも私の気持ちを口にすればよかった。本当に男の人って傲慢だ。なにをしろとか、なにをするなとか命令したかと思えば、突然薔薇を送りつけて、私を今までにないほど宙ぶらりんな状況に追いこむなんて。いらだちを発散させるように、アラミンタは狭い家の中にあるものを片っぱしからたたいたり投げつけたりした。夕食らしきものも作ることは作ったが、食べる気にもなれず、早めにベッドに入った。

翌朝からアラミンタは仕事に没頭した。緊急治療室はあっという間に人であふれたものの、それと同じくらいの速さで患者たちは治療を終えて帰っていき、ミス・ベストとの面接に向かわざるをえなくなった。面接は実に形式的で、総看護師長はセルマの死に対してお悔やみを述べ、アラミンタが看護師長に復帰してくれてよかったと言った。アラミンタは治療を待つ人々を口実にして早々に仕事に戻り、その後も忙しく働きつづけた。

二日間が飛ぶように過ぎた。十一月はまだ真冬ではないが、空はどんよりと暗く、荒れ模様の天気が続いて寒々としていた。アラミンタは膨大な書類の整理に追われ、毎晩へとへとになって帰っては、夕食作りとわずかばかりの家事をこなすだけでベッドにもぐりこんだ。しかし、ぼんやりする時間がないのはありがたかった。そして四日目の午前中、昼食に行こうと急いでいると、ドクター・ヒッコリーに呼びとめられた。「急で申し訳ないんだが、今夜〈バタフライ〉に来てくれないか?」〈バタフライ〉は病院の職員たちがよく利用しているカフェだ。彼は突然、ひどく恥ずかしそうな顔をした。「実は婚約したんだ。相手は君の知らない女性だが、ぜひ会ってほしい。少人数の集まりだし、君の知っている人ばかりだから」

アラミンタはにっこりと笑った。「ジェームズ、あなたって人は。なんてすてきなの！　もちろん、行くわ。何時かしら?」

「七時だ。みんなで車に乗っていくから、病院の表玄関で待っていてくれないか。婚約者のマリーはウーリッジから来るんだ。彼女の父親が連れてきてくれる」

「楽しい会になりそうね。七時きっかりに行くわ」

だが直前になって、予定どおりには出られなくなった。五時ごろ、尿細管性アンドーシスの患者が運びこまれてきたのだ。三人がかりで検査をし、レントゲンを撮り、病状を判断して、しかるべき病棟に送る。そしてドリーに手伝ってもらって後片づけをしたあと、アラミンタは信頼できる常勤看護師に鍵を渡し、フラットに戻って急いで紅茶を一杯飲んでから、外出の支度にかかった。ほかの女性たちはロングドレスを着ていくと言っていたので、シフォンのブラウスに赤褐色のベルベット地のエプロンドレスを重ねることにした。髪を結いあげ、驚くべき速さでメイクをし、黒のベルベットのコートをはおると、きびきびとした足取りで病院に戻る。約束の時間を五分過ぎていたが、一張羅を着て緊張した面持ちのドクター・ヒッコリーは待っていてくれた。

アラミンタを見て、彼の顔が明るくなった。「ほかの人たちは先に行ったよ。君は少し遅れると思ったんだ。さっきはとても忙しそうだったから」

まだ少し離れたところにいたので、アラミンタは大きな声で答えた。「そうなの。間に合わないかと思ってあわてたわ。楽しみにしていたんだもの」

ドクター・ヒッコリーに歩み寄ろうとしたとき、背後でドアの開く音がし、立ちどまって振り向いた。

現れたのはクリスピンだった。そのとたん、アラミンタはドクター・ヒッコリーのこともパーティのことも自分がどこにいるのかも忘れ、かわいらしい顔を喜びに輝かせた。言いたいことがたくさんあるのに、声がつまって出てこない。「ああ、あなただったの！」そう言うのがやっとだった。

「そうとも、僕だ」冷ややかで感情のこもらない声と怒りで赤い顔に、走り寄ろうとしていたアラミンタは思わずたじろいだ。クリスピンは意地悪な声で続けた。「君が一人でも楽しそうでうれしいよ、アラミンタ。僕にかまうことはない」黒い目をドクター・ヒッコリーに向け、ぞんざいにうなずく。

「ああ、でも、ジェームズだったら気にしないわ」

「ずいぶんとものわかりのいい男だな」クリスピンは口元をゆがめた。「それに、君がそんなに移り気だとは知らなかったよ、アラミンタ」

あまりにも残忍な笑みに、彼女は目をぱちくりさせ、言葉を失った。言うべき言葉を思いついたときには、クリスピンはすでに立ち去っていて、顧問医の部屋へと続く廊下の奥に消えていく広い背中を見つめる。彼女の顔に浮かんでいる表情を見て、ドクター・ヒッコリーがきいた。「僕が追いかけようか、アラミンタ？　どうやら誤解されたらしい……」

「そうね、誤解されたみたい」アラミンタは荒々しい口調で言い、挑むように顔を上げた。「でも、イングランド銀行のお金をすべて積まれたって、あとを追ったりしないわ。行きましょう」泣き出しそうな気持ちを押し隠し、彼女は明るい声で言った。

ドクター・ヒッコリーは心配そうだ。「いや、君は来ないほうがいいんじゃないか？　あの人はじきに戻ってきて、ここを通るはずだ」

その言葉はアラミンタの怒りの火に油を注いだだけだった。「そして、待っている私を見つけるの？」声が甲高くなり、愛らしい目を光らせる。「冗談じゃないわ、ジェームズ。私はドクター・ファン・シーベルトがイギリスに来ていることすら知らなかったのよ。あの人とはアムステルダムで会ったきりだもの。さあ、行きましょう。あなたが怖じ気《おけ》づいたんじゃないかと、いとしいマリーが心配したら大変だもの」彼女が陽気に笑ってみせると、ドクター・ヒッコリーもつられて笑った。

その夜、アラミンタはよく笑い、話し、ジェームズとマリーを祝い、明るく場を盛りあげた。パーティが終わると、研修医にフラットまで送ってもらい、一人になって初めて先ほどのことを考える。もう日付は変わっていたが、ベルベットのコートを脱ごうともせず、アラミンタはただじっと椅子に座っていた。クリスピンが訪ねてくるかもしれないという考えが頭から離れない。なんて言ったら彼に納得してもらえるか考えながら、彼女は辛抱強く待った。それともプライドを捨てて、クリスピンが戻ってくるまで病院で待っているべきだったの？　やがて時計が鳴って午前一時を知らせると、彼は来ないのだと悟ってベッドに入った。クリスピンはまだロンドンにいるはずだから、朝になったら搬出係の責任者であるチャーリーにきいてみよう。もしかしたら、クリスピンも私をさがすかもしれない……。前向きに考えて、アラミンタは眠りについた。

次の朝、ようやくチャーリーをつかまえてきいてみたが、搬出係の責任者は髪が薄くなった頭を振った。「あの人ならもういないよ、師長さん。ひと晩泊まって、一時間くらい前に出ていったかな。後ろ姿を見たからね」彼は好奇心をむき出しにしてアラミンタを見た。「誰かがさがしているのかね？」

「いいえ、チャーリー」アラミンタはあわてて言った。「ドクター・ヒッコリーが昨日彼を見たと言っていたから、なぜ来ているのかと思っただけよ」彼女は背を向けて歩きかけたが、立ちどまってさりげなくきいた。「私に伝言はなかった、チャーリー？」

チャーリーは背後の棚をざっと調べた。「いや、ないね」

アラミンタは急いで緊急治療室に戻った。幸い、患者はあまりいなかったので、オフィスで日誌を書き、修理する器具の一覧表を作り、この先二週間分の非番のリストに取りかかったが、クリスピンのことばかり考えてしまい、ちっともはかどらない。うぬぼれの強い女ではないから、彼が私に会いたくてロンドンへ来たのだとは思っていないけれど、少なくともなんらかの連絡はくれてもいいんじゃないかしら。メモとか、電話とかを。薔薇を贈った相手なら、機会があれば一緒に過ごそうとするものなのでは？　それに、あの機嫌の悪さはどういう意味だったの？

今すぐクリスピンに電話して、なにが気に入らなかったのかきいてみたい、という気持ちがわきあがるのを、アラミンタは懸命に抑えた。だいたい、クリスピンがどこにいるのかさえ知らないのだ。そんなことを考えていると、看護学生が彼女を呼びに来た。薬の過剰摂取で運びこまれた患者がいるという。アラミンタは本を閉じ、袖をまくりはじめた。「食事に行こうと思っていると、いつもこういうことが起こるんだから」彼女はいらだたしげに言い、オフィスから出ていった。

そのばかげた考えが最初に頭に浮かんだのがいつだったのか、正確にはわからない。それでも、気がつくと考えはしだいに具体的な形をとり、紅茶を飲みに行くころには自分がなにをしようとしているのか、アラミンタははっきりと悟っていた。

翌朝、ミス・ベストの手が空くとすぐに、アラミンタは行動を起こした。上司は少なくとも表面上は穏やかに、彼女の言葉に耳を傾けた。

「別の仕事をしたいということ、ショー師長？」やがて、ミス・ベストがきいた。

「いいえ」アラミンタは言った。「しばらく……もしかしたらずっとかもしれませんけれど、ロンドンを離れたいだけです。まだ期間ははっきり決めていませんが」

ミス・ベストは煙に巻かれたような顔をしたが、さらにきいた。「なるほど。もう決めたことなのかしら？　あと一カ月しっかり働いて、お給料をもらってから辞めたいの？　それとも……五日以内に退職するつもりでいるのかしら？」

「五日以内に退職します」ミス・ベストが私の申し出をあれこれ考えないうちに実行に移したい。

上司は目をぱちくりさせた。「シルヴィア・ドーズ副看護師長は正式な看護師長としてやっていけるのね？」アラミンタはイエスと答えた。「常勤看護師のゲティは、副看護師長の地位にふさわしいと思う？」

「ええ、とても。適任だと思います」

アラミンタは持ち場に戻り、折を見てシルヴィアとゲティの二人をオフィスに招き入れ、コーヒーを飲みながら話を切り出した。驚いたことに、彼女たちは自分たちの昇進を喜ぶよりも、アラミンタが職場を去ることを残念がった。ドクター・ヒッコリーも大げさにがっかりした。みんなが好意を持ってくれているのは以前からわかっていたものの、実際に多くの友人が残念に思っているのを目にして、アラミンタは少しばかりくじけそうになった。もちろん、みんなはなぜ彼女がこれと言った理由もなく突然病院を離れる気になったのかを知りたがったが、はっきりとしたことはアラミンタ自身にもわからなかった。ただ、セント・キャサリン病院やロンドンを一刻も早く離れたいということしか考えられない。ここにいれば、遅かれ早かれまたクリスピンと顔を合わせるはめになる。彼が二、三日前のような笑みをもう一度向けたり、気まぐれに訪ねてきたりしたら、もう冷静でいられる自信がない。

残りの五日間を、アラミンタはぴりぴりとしつつ過ごした。クリスピンがふたたび突然現れるのではないかと気が気ではなかったせいだが、彼は来なかった。友人たちに別れを告げ、引き払うフラットに住みたいというシルヴィアに鍵を渡し、〝看護師を辞めることを考え直したら知らせます〟とミス・ベストに約束して、アラミンタはミニに乗ってサマセット州へと向かった。

7

アラミンタは電話で父親と叔母のマーサに仕事を辞めるとは告げていたが、二人は本気だとは思っていないようだった。〝一週間ほど家で過ごせば、きっと元気になるわ〟叔母は電話でそう言った。〝セルマの死がショックだったのね。帰ってきたらゆっくりといろいろなことを話しましょう〟

実家に戻る途中、アラミンタは車をとめて昼食をとった。この調子なら、お茶の時間までには実家に着く。食べたり飲んだりしながらのほうが話しやすいし、父も叔母も昼寝のあとで体が休まっているだろう。道は驚くほど空いていて、彼女はゆっくりと車を走らせたが、ダンスターに着くと戻ってこられたことをうれしく思った。村の道は人影もまばらなものの、店には楽しそうな照明がついている。アラミンタの家からも明かりがもれていて、彼女が車をとめたとたん、玄関のドアが開き、叔母の姿が見えた。彼女はミニから降りて叔母に駆け寄った。

叔母と父親はアラミンタが来たことを喜んではいても、なぜ看護師といういい仕事を辞めるなどと急に言い出したのか、不思議でならないようだった。ゆっくりと紅茶を飲みながら、アラミンタはいとこをあまり悪く言わないように、気をつけてアムステルダムでの出来事をあれこれ話した。それでも、話しおえると父親が言った。「私はあいつが好きではない。だが、やはりおまえは行ってよかった。セルマは喜んだに違いない。彼女につき添って病院に行ったと言ったな？　そこの医師たちはなんとかしてくれなかったのか？　つまりトーマスを？」

「ええ、してくれたわ。できる限りのことをしてくれた。トーマスと話をしたし、忠告もした。でも、あの人は聞く耳を持たなかったの」

「あちらのお医者様たちは優秀だったの？」叔母がきいた。

「ええ。それに、とても親切にしてくれたわ。セルマも慕っていた」

「崖であなたを助けてくれた、あのすてきな男性とは会わなかったのかしら？」

アラミンタは食べたくもないケーキを口に入れた。なにげなく答えられるよう、時間を稼ぎたかったのだ。「実は、セルマを診ていた顧問医だったの」

「まあ、なんていう偶然かしら」叔母はうれしそうに言った。「世間は狭いとはよく言ったものね！　あの人もあなたに会えてうれしかったと思うわ」

「そんなことは言っていなかったわ。でも、セルマにはとてもよくしてくれたの」

二人は一瞬黙りこんで、アラミンタを見つめた。

やがて、マーサが元気よく言った。「あなたも休めば、きっと元気になるわ。なんだか疲れた顔をしているもの。今ここへ来たのは最高のタイミングよ。クリスマスまでたった六週間だから、プディングやミンスパイを作る手伝いをしてちょうだい」

ちっともうれしくない提案だったが、アラミンタにはそれでもうれしそうな顔をした。クリスマスまで六週間なのに、私は愚かにも職を失い、待っているのはクリスピンのいない未来だ。このまま叔母を手伝ってプディングやミンスパイを作り、父のためにタイムズ紙のおもしろい記事を切り抜くような毎日を送るの？　そしてしばらくしたら、二人を安心させるためにこの土地を離れ、今までと同じような仕事に就く？　どんどんおもしろみのない人生になりそうだ。

「なんだかふさぎこんでいるわね」叔母の鋭い言葉に、アラミンタはあわてて明るい笑みを浮かべ、家に戻って心からよかったと強く自分に言い聞かせた。

ダンスターでの日々はたしかに楽しかった。ちょっとした家事をこなして穏やかな一日が過ぎていくのは、とても心がなぐめられるものだ。アラミンタはしだいにそういった生活になじみ、雑用を手伝ったり、買い物に行ったり、プディング用のフルーツを切ったりして過ごした。家へ帰ってから三日目の朝、父と叔母が出かけたあと、キッチンで忙しく働いていると、ドアをたたく音がした。きっとパンが届いたんだわ。そう思って、彼女はエプロンをつけたままドアを開けた。

立っていたのはクリスピンで、大きな体に気品を漂わせ、口の両脇を引きつらせてかすかな笑みを浮かべていた。セント・キャサリン病院の玄関ロビーで見せた笑みとはまったく違うその姿を見ただけで、アラミンタはとろけそうになったが、いまわしい記憶がよみがえり、思わず顔をしかめた。

「おはよう」いとしく思う気持ちを押し隠して、彼女は冷ややかに言った。

「謝りに来たんだ」クリスピンにしては、謙虚な言い方だ。「君がそうしろと言うなら、ひざまずいたってかまわない」彼はアラミンタの背後をのぞきこんだ。「入ってもいいかな?」

アラミンタはしかたなく端に寄った。「もちろんかまわないわ。でも、キッチンに来てもらわないと。お料理の途中なの」

「ああ、いいとも。エプロン姿なんだね。昼食の準備かな? 僕はまっすぐここに来たんだ」キッチンに戻ったアラミンタは、ガス台に近寄ってフライパンをのぞき、オーブンの扉を開けた。クリスピンは鼻をひくひくさせ、期待に満ちた声できいた。「ローストビーフかな?」

「つけ合わせはベイクドポテトとヨークシャープディング、それに芽キャベツよ」アラミンタはオーブンの扉を閉め、テーブルに向かった。クリスピンの方は見ず、麺棒を取りあげて目の前の生地を練る。

「それはデザートのアップルパイかな? クリームたっぷりの?」クリスピンは大げさにため息をついた。「腹がぺこぺこなんだ。もちろん、僕のために作っているわけではないんだろう? なにしろ、二人は仲たがいをしているんだから。もし今謝ったら、君は僕がおいしい食事にありつきたいからそうしていると思うんだろうね?」

そんなつもりなどなかったのに、アラミンタはくすくす笑った。つれない態度を押し通すことができない。「もう、あなたって救いがたい人ね!」

クリスピンは彼女の手から麺棒を取りあげ、粉がつくのもかまわずに両腕で抱きしめた。

「僕は君にひどい態度をとった」彼は静かな口調で言った。もう笑ってはいない。「あんな言い方をする権利はなかったし、僕の思い違いだった。だがやっと会えたと思ったら、君は明らかに別の男と楽しいひと晩を過ごしに出かけるところだっただろう？しかも、僕よりずっと若い男と。僕は矢も盾もたまらずに、君に会いに行ったというのに」

その言葉に、アラミンタの体が熱くなった。「ジェームズの婚約パーティに行くところだったの。彼は、あなたを追いかけて誤解を解こうと言ってくれたわ。あの晩は本当にみじめだった。あなたもそうだったならいいんだけれど」

「意地悪だな。もちろん、僕だってみじめだった」クリスピンはアラミンタを抱きしめる腕にいっそう力をこめ、長いキスをした。「君はとても若々しく見えたよ、いとしいお嬢さん。それに対して、僕はひどく年をとっている気がした。もう君には二度と会うまいと決めたが、そんなことはできなかったよ。君は僕の理想の女性そのものだから。君のような女性を、僕はずっと待っていた」彼は彼女の顎に手をあてて上を向かせ、その目をじっとのぞきこんだ。

「だが、本当にそれでいいのだろうか？　僕は今までの人生をずっと好きなように生きてきたし、おまけに気むずかしいときている」

「そんなことは――」そう言いかけたアラミンタを、彼はとめた。

「まだなにも言うな。なぜ僕が来たかわかるか？」

「私に会うため？」

「もちろんそれもあるが、一緒に来てほしいと頼みに来たんだ。僕の家で過ごして、僕のことを知ってほしくて」

「でも、あなたのことなら知っているわ。クリスピン、私だって子供ではないのよ」

彼の笑みはやさしかった。「ああ、おそらくそうだろう。だが、人生経験は少ない。僕の頼みをきいてくれないか？　君がいてくれたら叔母のメイベラはとても喜ぶだろうし、僕もできる限り君と一緒にいる。そして、一緒にいて幸せになれると君が確信できたなら、結婚を申しこむよ。もし確信できなかったら、君は自分の家に戻り、すべてを僕たちが出会う前と同じにすればいい」クリスピンはアラミンタを放し、にっこりと笑った。「昼食をごちそうになっていいかな？」

「もちろんよ」失望が声に表れないように、アラミンタはできる限り普通に答えた。もっと賢い女性なら、今この場で彼に結婚を申しこませることができただろうに。〝あなたを愛している〟と言おうとしたのに、彼は言わせてくれなかった。おそらく言われたくないのだろう。彼は私を愛しているとも言わなかった。それでも、彼女はきっぱりとした口調で言った。「喜んで行くわ。知っているかもしれないけれど、私、セント・キャサリン病院を辞めたの。ここで数週間過ごしてから、別の仕事をさがそうと思っていたのよ」

「それじゃあ、僕たちと過ごせるわけだ」クリスピンの声はとても落ち着いていて、まるで家族ぐるみのつき合いがある古い友人と天気の話でもしているかのようだった。

話はとんとん拍子に進んだ。驚いたことに、アラミンタの父親も叔母もみじんも反対するそぶりを見せなかった。クリスピンが冷静な口調で次のように言ったので、きっと必死に我慢していたに違いない。

〝またお二人にお会いできてうれしいです。なぜ僕が訪ねてきたのか、不思議に思われているでしょう、ミスター・ショー。実は、アラミンタに一緒にオランダへ来てほしいと頼みに来たのです。我が家で僕と叔母としばらく一緒に暮らしてほしいと。僕は娘さんと結婚したいと思っています。でも彼女は僕のことをよく知りませんから、結婚を申しこむ前によく知ってほしいのです〟

そのときもクリスピンは愛しているという言葉を

口にせず、アラミンタは深く考えまいとした。たぶん、結婚したいと言うことで、愛していると伝えているつもりなのだろう。

その後、二人きりになったときに確かめてみようと思ったが、クリスピンの穏やかな顔を見ていると、どうしてもきくことができなかった。

その夜、四人はラトレル・アームズ・ホテルへ食事に行った。食事が終わるころ、マーサはすっかりクリスピンのファンになり、ミスター・ショーは口数こそ少なかったものの、クリスピンと別れて家に戻ると、〝あの男は知性と常識があり、義理の息子として大歓迎だ〟とほめた。さらには、〝ほかの若いカップルが結婚する前に、クリスピンみたいな思慮深いやり方でお互いを知ろうとしないのは残念だ〟とまで言った。しかし、アラミンタは賛成する気にはなれなかった。誰かを愛したら、それだけでじゅうぶんではないかしら？　クリスピンは私を世間知らずだと決めつけたが、私だって二十五歳の一人前の女で、ただ彼にのぼせているだけではない。これほどはっきりとした気持ちを抱いているのに、クリスピンにわかってもらえないのが残念でならない。でもアムステルダムの家で一緒に暮せば、この気持ちも簡単にわかってもらえるのでは？　彼女はベッドに横になってからも、夢うつつの中で考えつづけていた。

翌朝、食事がすんだころにやってきたクリスピンは、挨拶をすませたあと、アラミンタの父親に誘われて村の歴史に関する資料を見に行った。男性二人が去っていく姿を、アラミンタは複雑な思いで見守った。たしかに、クリスピンは私にキスをしたが、深い意味があったとは思えない。彼はなにを考えているのかしら……。彼女ははっとした。クリスピンの言うとおりだ。私は彼のことをろくに知らない。

アラミンタが居間の掃除をしてコーヒーの用意を

している間、叔母はいちばんいいカップと受け皿を用意し、銀のスプーンを磨きあげた。クリスピンをとても気に入っているという証拠だ。

戻ってきたミスター・ショーは、コーヒーを飲みながらこの土地の歴史について延々と話しつづけた。クリスピンは熱心に聞いているように見えたが、アラミンタはうんざりして、非難めいた目を父親に向けた。機転をきかし、きっぱりとした口調で割って入ったのはマーサだった。そして〝アラミンタが買い物に行かなければお昼に食べるものがないの。クリスピンが村に興味を持っているなら、いい機会だから一緒に行ってきたらどう?〟と勧めてくれた。

二人は連れだって買い物に出かけた。

クリスピンと一緒に肉屋やパン屋をまわるのが、アラミンタはなんとなく気恥ずかしかった。だがクリスピンはこの目新しい体験が楽しかったようで、買ったものをマーサに届けると、気持ちがいいから散歩に行かないかとアラミンタを誘った。よく晴れた空に冷たい風が吹く中、教会のあたりをぶらぶらと歩きながら、アラミンタはダンスターに長く住んでいた修道士たちについて思いつくままに語った。

「すてきな村でしょう? それから教会も」

クリスピンは彼女の手を取った。「君はこの教会で結婚式をあげたいのか、アラミンタ?」

ほかの女性と同じく、彼女にも小さいころからの夢があった。「ええ、そうね。でも愛する人がいれば、場所なんてあまり問題ではないと思うわ」

彼は弱々しく笑っただけだった。「君の言うとおりだね。さあ、次はどこへ行こうか?」

〝あなたを愛している〟という言葉を、彼はまたも言わせなかった。それでも、アラミンタは屈託のない声で続けた。「城跡を歩くことができるわ。表向きは閉まっているけれど、大通りに行くために村の人たちが森を横切っても、なにも言われないの」

森の中を歩くのは気持ちよく、はるか遠くにあるマインヘッドとブリッジウォーターをつなぐ大通りからは車の音が聞こえた。けれど、彼女たちがいるところは静かで、風の音や木の葉の落ちた枝同士がこすれ合う音しかしない。アラミンタは要所要所で立ちどまってはあたりの説明をした。森を抜け、道の向こうにあるブリスベン海峡を見つめていたとき、クリスピンは彼女の肩に手をかけて引き寄せた。

「明日、僕と一緒にオランダへ行けるか？」

「明日？」

「午後の早い時間に。ハリッジから船で行きたいんだ」彼はアラミンタを自分の方に向かせた。「今回は、君が最初にアムステルダムへ来たときとはまったく違うものにしてみせる」そう誓って、やさしくキスをする。

アラミンタは思わず涙をこぼしそうになり、あわてて目をそらした。「楽しみだわ」

二人は風に吹かれながら腕を組んで足早に歩き、いろいろなことを話した。彼と自分にたくさん共通点があることを発見して、アラミンタはうれしくなった。昼食前には家に戻ってみんなでシェリー酒を飲み、食事をすませる。そのあと、クリスピンは慣れたようすで皿を洗った。

その夜、彼はふたたびアラミンタを夕食に誘った。彼女は大通りにある、小さいがおしゃれな店で偶然見かけた服を着て出かけた。クレープ地のワンピースの色は彼女の髪よりも濃く、ハイネックのヨークの下は細かいひだになっていて、太いベルトを締めるともともと細いウエストがいっそう細く見えた。

「とてもかわいらしい」服のことなのか自分のことなのか、アラミンタにはわからなかったが、すべり出しとしては悪くない。時間がたつにつれ、彼女はますます楽しくなっていった。この時期のホテルは客が少なく、二人はゆっくりと時間をかけて食事を楽しむことができた。出された料理はどれもとびきりおいしく、ダイニングルームは暖かく、やわらかな明かりに包まれていた。食事を終えると、やはり空いているラウンジへ向かい、赤々とした暖炉の炎の前でコーヒーを飲みながら、取りとめのないおしゃべりに興じる。アラミンタはクリスピンの意外な面をいくつも発見できたような気がした。そのどれもが彼女にとっていやなものではなく、彼を愛しているという気持ちに水を差す要素など、なにもないように思えた。

翌日、マーサ特製の弁当を持ち、アラミンタのいちばん大きなスーツケースを車のトランクに積みこんで、二人は出発した。どんなものを持っていったらいいのかよくわからなかったので、彼女はセーターとスラックスを数枚と、いちばん新しいツイードのスーツ、厚手のコート、ジャージー素材のワンピース、そして当然ながら昨日のクレープ地の服も入れた。ほかのものはアムステルダムで買えばいい。それくらいのお金はじゅうぶんある。

乗り心地のいいロールスロイスの助手席に落ち着くと、アラミンタは満足そうなため息をついた。不安らしい不安もなかったので、あまりくよくよ考えないことに決めて父と叔母に手を振り、クリスピンにそっと愛らしい笑みを向ける。そして、彼と一緒に長い旅に出る幸福感にたっぷりとひたった。

ハリッジに着いて船に乗るころには、ずっと昔からクリスピンを知っているような気分になっていた。客室へ行く前にそう言うと、彼は魅力的な笑みを浮かべた。「それが狙いだよ。ぐっすりおやすみ」

アラミンタは熟睡し、六時ごろに目を覚ました。あたりはまだ暗く、ようやく空が白みはじめたのはアムステルダムに着く直前だった。クリスピンの家の窓にはすでに明かりがともり、リッキを従えたヨスが二人を出迎えてくれた。

「朝食を用意してもらえないか？　その前に、ミス・ショーを部屋へ案内してくれ」

アラミンタはフローネについて階段を上がり、以前と同じ部屋へ案内された。部屋には新しい花が飾られ、イギリスの雑誌や新聞が用意され、浴室には彼女が必要とするものすべてがそろっていた。あまりの幸せに目がくらみそうになりながら髪を整え、階段を下りていくと、クリスピンが待っていた。

朝食は前回と同じ小さな部屋でとった。「今日は病院へ行くの？」アラミンタはきいた。

「今日は午後からだが、病院とは関係なく、朝のうちに診察しなければならない患者が数人いる。手紙に目を通してもかまわないかな？」

アラミンタはおとなしく椅子に座り、コーヒーを何杯もお代わりし、クロワッサンをかじりながらクリスピンを見つめた。彼はまるでひと晩ぐっすりと眠ったかのように疲労のかけらさえ感じさせず、いつもと同様、どこから見ても非の打ちどころのない雰囲気を漂わせている。叔母が言うところの〝鉄のように丈夫な体〟の持ち主なのかもしれない。クリスピンは睡眠も食事もとらなくても、世間に対して穏やかで節度ある物腰を保つことができる。そのうえ機知に富んだ男性でもあるけれど、なにか気に入らないことがあると、とたんにとても機嫌が悪くなる。アラミンタはそんな彼のすべてが好きだった。

クリスピンが突然顔を上げたかと思うと、アラミンタの視線をとらえた。「僕はひどく無礼な男だな」そう言って、手紙をきちんと積みあげた。「今夜は六時ごろ戻ってくる。君さえ疲れていなければ、夕食のあとで出かけないか？　店は閉まっているだろうが、明かりはついているから、外観を見るだけでも楽しめると思う」

「まあ、すてきね。でも、あなたは退屈じゃないの？」

「君と一緒なら退屈なんかしない、アラミンタ。叔母は十時半ごろ下りてくるから、家の中を案内してもらうといい。叔母にとってそれほど楽しいことはないんだ。君だって楽しめるかもしれない」

アラミンタはにっこり笑った。「クリスピン、あなたって本当にいい人ね！」だが、彼女は心配そうに続けた。「私があなたにふさわしい女だといいんだけれど……」

クリスピンは席を立つと、テーブルをぐるりとまわってアラミンタに近づき、頬にキスをして笑った。「君ほど僕にふさわしい女性はいないよ。それじゃあ、あとで」そして頭のてっぺんにもキスをして、部屋から出ていった。

荷物を解いたあと、アラミンタはお風呂に入り、マダム・ロシャスの香水を振り、スカートとセーターを着て念入りに化粧をして髪を整え、階段を下りていった。どこへ行こうか考えながらゆっくり廊下を歩いていたとき、ヨスが現れた。

「小さいほうの居間の暖炉に火が入っています」彼はそう言って、アラミンタを案内した。

アラミンタの感覚からすれば、少しも小さいとは思えない部屋の広い張り出し窓からは、家の奥の庭を見渡すことができた。肘掛け椅子やソファが並び、ふかふかの絨毯《じゅうたん》が敷かれ、壁には何枚も絵が飾られている。アラミンタはこの部屋がとても気に入ったが、どうやらリッキも同じ気持ちらしく、とら猫と一緒に暖炉の前で伸びをしていた。

「犬はあちらに連れていきましょうか？」ヨスがきいた。

「あら、連れていかないで。一緒にいたいの」彼女がほほえむと、ヨスのいかつい顔にも返事の代わりに笑みが浮かんだ。

「それでは、コーヒーをお持ちしましょう。メフラウ・ファン・シーベルトはじきに下りてこられると思います」

コーヒーのトレイが届くと同時に、老婦人がやってきた。今朝の服は黒い上質のウールで、ハイネックのまわりには白の細かいフリルがついている。ゴールドの首飾りを身につけ、ひだのある身ごろには小さなエナメルの時計のブローチがとめられていた。美しく仕上げられた髪とピンク色がかった白い肌は、まるで小さな磁器の人形のようだ。

温かく歓迎され、アラミンタは驚いた。この女主人が自分に対して本当に好意を抱いているのか、今一つわからなかったからだ。だがどうやら取り越し苦労だったらしく、二人は楽しい午前中を過ごし、コーヒーを飲みながらおしゃべりをし、家の中を見てまわった。八十歳を超えているというのに、メイベラは部屋から部屋へと軽やかに歩いていく。どの部屋も驚くほど美しいが、いつもはほとんど使われていないということだった。この家がにぎやかになるのは、クリスピンがパーティを開いたときか、セント・ニコラス祭のときか、クリスマスから新年にかけて親族がおおぜい泊まりに来るときくらいだそうだ。「新年がいちばん楽しいの」メイベラが言った。「家じゅうが輝いて見えるのよ。どの部屋も人でたくさんで……」

「叔母様は女主人としておもてなしするのですか？」

「もちろんですとも。とても楽しみにしている役目だもの」老婦人は立ちどまって楽しかった思い出にひたり、それから明るく言った。「あなたも舞踏室がきっと気に入るわ。この先よ。あの両開きのドアを開けてくれるかしら、アラミンタ」

豪華で格式高い部屋の柱には金泊が張られ、壁にはシルクが使われていた。アラミンタはすてきなドレスを着てクリスピンと踊る姿を想像しながら、磨きあげた床でくるくるとまわった。アプリコット色のシフォンドレスがいいわ。美しい刺繍《ししゅう》の施されているものが。そんなことを考えつつ老婦人の顔を見たとたん、アラミンタの笑い声はとだえた。老婦人の顔に浮かんだ表情にショックを受けたのだ。それは嫌悪ではなく、正確には反感でもなく、恐怖と表現するのがいちばん近い表情だった。甥《おい》の家で贅《ぜい》沢三昧《たくざんまい》に暮らしているメイベラがいったいなにを恐れるの？　アラミンタは動きをとめ、心配そうにきいた。「どうかしましたか、叔母様？」

そう言った瞬間、老婦人の顔からその表情が消えた。ふたたびもとの穏やかな顔に戻り、やさしい笑みをアラミンタに向ける。「もちろん、どうもしないわ。ただ節々が痛むの。この年ではしかたないことよね。年をとるのって、なんだか怖いわ。だんだん役立たずになってきて……」

アラミンタはメイベラの小さな手を取った。「あなたは役立たずなんかではありませんわ、叔母様。それに、恐れることなどなにもありません。あなたを心の底から愛しているクリスピンがいるんですから」〝私もいます〟と言いたかったが、でしゃばりに思えてやめた。

メイベラはほほえんだ。「あなたって、いい人ね。ほかの誰にも似ていないわ」

それは誰なのか、アラミンタはきかなかった。クリスピンが今まで家に連れてきた女性たちのことを、メイベラが頭に置いているのは間違いない。でも、女性を家に連れてきたことのないほうがおかしい。そんなことに嫉妬を感じてしまう自分が、アラミンタはいやでならなかった。

「世の中にはいろいろな人がいますもの」彼女は明るい声で言った。「次はどこへ行きましょうか？　それともひと休みしますか？」

「二階を見ましょう」メイベラの声にはかすかな失望がにじんでいた。「若いのに、あなたって好奇心旺盛ではないのね」老婦人は辛辣な口調で言い、アラミンタが黙っているとさらに続けた。「昼食がすんだら私は少し休むから、その間はあなた一人で見てまわるといいわ」

二階に着いたころには老婦人の機嫌もすっかり直り、その後一時間ほどかけて二階の部屋を見てまわった。だが、すべての部屋に入ったわけではなかった。果物や花の彫刻が上部に施されているアーチ状のドアの前に来ると、メイベラは足をとめ、ここは主寝室だけれど今は使われていないと説明した。

「クリスピンが結婚したら、事情も変わってくるのでしょうけれど」老婦人は横目でアラミンタを見た。

「とても美しい部屋なのよ」

老婦人は別のドアを開けた。

「こちらは客用寝室よ。すてきでしょう?」

アラミンタは中を見渡した。たしかにすてきな部屋だ。どっしりとしたビーダーマイヤー様式の家具が並び、カーテンやベッドカバーにはパステル色のシルクが使われている。めったに使わない部屋までいつでも使えるように完璧に整えられているとは、どうやらクリスピンは彼女の想像をはるかに超えるお金持ちらしい。二階をひととおり見ると、朝食をとった小さな部屋でオムレツとフルーツを食べながら、老婦人は家や宝物についていろいろと話してくれた。食事が終わってからも昼寝に行くことを忘れ、自分の若いころの話や出席した舞踏会や家族の歴史など、話は尽きなかった。クリスピンに関することならなんでも聞きたくて、アラミンタもすっかり夢中になっていた。ここは彼の家で、メイベラは彼の家族でもあるのだ。やがて老婦人は昼寝の時間を大幅に過ぎてしまったことを後悔し、アラミンタに見送られて階段を上がっていった。

その後、アラミンタは一人で三階を見に行った。そこは二階とまったく同じ造りだが、奥は子供用の空間になっていた。広くて天井が高く、窓の外には庭が広がり、庭の向こうには海峡や切り妻屋根の家並みが見渡せる。そして部屋の奥には、浴室とミニキッチンと小さな部屋があった。「六人子供がいたとしても大丈夫ね」アラミンタは声に出して言った。「子守りが二人いれば」

一瞬迷ったあと、アラミンタは壁の一方に並んだ棚の扉を開け、きちんと片づけられたおもちゃをうっとりと眺めた。中にはとても古いものもある。顔が磁器で髪が亜麻色の人形、とても美しい服を着たぜんまい仕掛けのおもちゃ、立派なドールハウス、車輪のついた小さな木製の馬、精巧なノアの箱舟。その一つ一つを見ながら、彼女はどれが子供時代のクリスピンのおもちゃなのだろうと考え、将来この部屋で暮らす子供が扉を開けたとき、どんなに喜ぶかを想像して、無意識のうちにため息をついた。

一階に下りて応接室で紅茶を飲む間もメイベラが現れる気配はなく、アラミンタはコートを着ると庭に出て、暗くなるまでリッキとボールで遊んだ。

ジャージー素材の服に着替えて応接室で待っていると、クリスピンが帰ってきて、二人は飲み物を片手に取りとめのない会話を楽しんだ。アラミンタがどんな一日を過ごしたかを彼は知りたがり、話題は自然とこの家やその歴史に移ったあとは、メイベラも加わり、夕食の間もずっと話がとぎれることはなかった。コーヒーを飲みおえ、コートを着てくるようクリスピンに言われたアラミンタは、老婦人が一人ぼっちで文句を言うのではないかと心配したが、彼女には古い友人がやってくるのだと言われた。

「僕たちがいなくてもちっとも寂しくないですよね」彼は笑いながら叔母に言った。「それほど遅くはなりません。明日も忙しいですから」

冷たい霧雨が降りはじめ、風も出てきたが、アラミンタは濡《ぬ》れた道をきびきびと歩き、ときどき立ちどまっては小さな橋の形や特別に印象的な切り妻屋根に見とれた。やがてカルフェル通りに着くと、クリスピンが歩幅を小さくしてくれたので、ウィンドウショッピングを楽しむことができた。悪天候にもかかわらず、おおぜいの人が歩いていて、気がつくとみんな二人と同じことをしていた。

「きっと結婚間近の恋人たちで、家になにを置くか考えているのだろう」

「あなたの家にはもうすべてがそろっているわ」彼女は指摘した。

「まだ君がいない、アラミンタ。まだすべてではないよ」

〝私はすでにあなたのものよ〟と、彼女は思わず言いそうになった――〝もうずっと前からあなたのものだ〟と。でも、そんなことを言えば積極的すぎると思われるかもしれない。クリスピンの家に滞在してまだ二十四時間もたっていないし、なにか言ってもまだ早いと言われるだけだろう。そう思って、アラミンタは自分の気持ちを抑え、沈黙を守った。クリスピンはせかされるのが嫌いな人なのだ。というか、私に時間をかけて決断させたいのだ。

彼女は言いたいことをすべてのみこみ、明るく言った。「楽しいわね！　男の人って、お店を見てまわるのは嫌いなんでしょう？　父ならさっさと逃げ出すところだわ」

「ああ、僕だって、ウィンドウショッピングが趣味というわけではない、アラミンタ。だが、君と一緒なら楽しい。どこかでコーヒーでも飲もうか？」

二人はメイベラの友人が帰る前に家に戻った。友人は親切そうな笑みをアラミンタに向けて流暢《りゅうちょう》な英語で話しかけ、クリスピンにも笑顔でなにか言って帰っていった。そのすぐあと、メイベラも自分の部屋に下がった。

「私もそろそろ部屋へ行くわ」アラミンタが言った。

「あなたには、仕事やら目を通さなければならない手紙やらいろいろあるでしょう？」

リッキの耳をくすぐっていたクリスピンが顔を上げた。「ああ、そのとおりだ。だがその間、一緒にいてくれないのか？　書斎にはストーブもあるし、椅子でまるくなって本を読むこともできる」

「おじゃまではないの？」

彼は首を振った。「いや」立ちあがって背筋を伸ばすと、アラミンタの前に立つ。「気づいているか？　僕は自分がどれほど孤独だったか、今になってわかりはじめているんだ」アラミンタの手を取る。「叔母を面倒な人間だと思わないでくれるといいんだが。ときどきとても気むずかしくなるのも年をとったからで、小さいころから僕の大好きな人だったんだ。いつもとてもやさしくて……」

アラミンタはクリスピンを見あげ、まじめな顔で言った。「あなただってやさしいわ」

書斎は暖かく、革と煙草《たばこ》のにおいがした。大きな机と椅子のほかに、座り心地のよさそうな肘掛け椅子が暖炉に向かって並び、机には書類やメモや手紙、本などが雑然と積み重ねられている。クリスピンはアラミンタを椅子に座らせ、彼女が退屈しないように医学雑誌『ランセット』を渡すと、満足そうに机について仕事を始めた。だが彼女は雑誌には目を向けず、クリスピンの頭を眺めていた。ランプの明かりに照らされて、黒髪の中に銀色の髪が浮かびあがっている。彼はなにか書いたり、ときおりどこかへ電話をしたり、手紙を読んだりしていたが、やがてぽつりと言った。「まるで仲よしのねずみが部屋にいるような気分だ。リッキはいつも僕についてここへ来るが、犬とかわいい女性とでは違うね」

「私がねずみだと言いたいの？」

彼はくすくす笑った。「かわいらしいばかりでなく、安らぎを与えるねずみだよ」机の上にあった最後の手紙に目を通す。「つき合ってくれてありがとう、アラミンタ。退屈しなかったならいいんだが」

「もちろん、退屈なんかしなかったわ。あなたと一緒にいるのは好きだもの」

「うれしいことを言ってくれるね。だがだからといって、君をいつまでも引きとめておくわけにはいかない。おやすみ、お嬢さん」

またたく間に日々は過ぎていった。特別なことをするわけではなく、アラミンタはほとんどの時間をメイベラとともに過ごし、午後には一人で外に出かけ、夜はクリスピンとの時間を楽しんだ。ときにはリッキを連れてフォンデル公園を散歩したり、スヘフェニンゲンまで車を走らせて食事に行ったり、寒い中で並木道を散歩したり、コンセルトヘボウに音楽を聴きに行ったりもした。

オランダ到着から四日目の午後、服がどうにも足りなくなったアラミンタは買い物に行った。ウィンドウショッピングを楽しんだときに目をつけておいた店があったので、思いきって入ってみる。ゆっくりと時間をかけて見てまわり、店を出たときには財布はずいぶんと軽くなっていたが、じゅうぶん満足のいく買い物をすることができた。淡いセージグリーンのシルクジャージーのワンピースは袖がたっぷりしていて襟ぐりは上品で、その下にシフォンのリボンがついている。クリスピンがダンスに連れていってくれるかもしれないと考えて、イブニングドレスも買った。前の夜、彼はそんなことをほのめかしていたのだ。ブルーのベルベットのドレスは目の色によく合い、深い襟ぐりには細かいシルクのフリルがついている。そして幸運にも、ドレスにぴったりのベルベットの靴とストールまで見つけることができた。

二日後の夜、アラミンタはそのすてきなドレスを着る機会に恵まれた。アムステル・ホテルに夕食の予約を入れた、とクリスピンから連絡があったのだ。さらに彼は、新しいドレスが欲しいなら買ってあげようとも言い、ますますアラミンタを喜ばせた。「あなたってやさしいのね。実は気に入ったドレスを見つけて、もう買ってあるの……」

アムステル・ホテルは落ち着いた雰囲気の漂う贅沢かつ快適なホテルで、ベルベットのドレスを着ていくのにこれほどふさわしい場所はなかった。席はアムステル川を見渡せる位置に用意されていたので、真っ黒な水面に遊覧船やボートの照明が数えきれないほど輝いている。その光景に見とれていたアラミンタが振り向いたとき、クリスピンが彼女を見つめていた。「楽しそうだな。ドレスもかわいらしいし、それに着ている人もかわいらしい」

アラミンタは頬を赤らめた。「ありがとう、クリスピン。あなたが気に入ってくれたらいいなと思ったの。でも、そんなふうに私を見ないで」

「どんなふうに見ていると？」

「あなたが今見ているふうによ。今日も忙しかったの？」

クリスピンの目がおもしろそうに光った。「ああ、忙しかったよ。アラミンタ、君は恥ずかしがり屋だな」包みこむような笑顔を向けられ、アラミンタは急に気が楽になってほほえみ返した。「さて、なにを食べようか？　踊るのは、注文をすませてからにしよう」

二人は飲み物を一杯飲んでから、何曲も何曲も踊った。なにを食べたかもほとんどわからないうちに、グラスがふたたび満たされると、アラミンタはうっとりとした声で言った。「これはシャンパンよね？」その言葉にクリスピンは笑い、もう一度踊りたいから早く飲んでしまうように、と彼女をせきたてた。

やがて夜が更けたころ、彼は言った。「さあ、帰ろう。君に話したいことがある」

アラミンタは、急に楽しい夢から覚めて現実に引き戻されたような気分になった。「ええ、そうしましょう」少しばかり震える声でそう答えた。

外は凍えるほど寒くなりはじめていて、彼女は車へ向かいながらストールをぎゅっと体に巻きつけた。家へ向かう間、二人はほとんど話さなかった。車が狭い道を進むにつれ、アラミンタは心臓の音が大きくなっていくのを感じた。

家に入ったクリスピンはアラミンタからストールを受け取り、彼女の手を取って応接室へと連れていった。部屋の中を照らしているのは、暖炉の火とたった一つのランプの光だけだ。クリスピンは満足そうに彼女を眺め、そっとキスをした。「自分がこんなにも辛抱できない男だとは思わなかった。結婚してくれないか、アラミンタ？」

その腕に包まれたまま、アラミンタはクリスピンを見つめた。彼は本当に整った顔立ちをしている。日に焼けた肌も、くちばしのような鼻も、長いまつげに縁取られた黒い目も、まさに私の理想だ。だが、彼女がイエスと返事をしようとしたそのとき電話が鳴り、それまでほほえんでいたクリスピンはいらだたしげに受話器を取った。

ああ、こんなときにじゃまが入るなんて。お互いに言うべきことがたくさんあるのに。そう思いながらアラミンタが耳を傾けていると、クリスピンはどことなく差し迫った低い声であれこれ質問している。どうやらむずかしい問題が起こったようで、たちまち彼女のことなど頭から消えてしまったらしい。

「いくつもの問題がからみ合って緊急事態が起こった。ベッドへ行きなさい。話の続きは明日だ」受話器を置いて、クリスピンは言った。

病院で待ち受けていることで頭の中がいっぱいのクリスピンは、キスもそっけなかったが、アラミンタはいやな顔一つせずに静かに言った。「わかったわ。あまり深刻な事態にならないといいわね」そして玄関が重々しい音をたてて閉まるまで、その場にじっと立っていた。話が途中で終わってしまっても、幸せな気分のまま夢の世界にひたっていた。

翌朝、階下に下りていくと、クリスピンは一度帰ってきたと知らされた。二時間ほど眠って朝食をとり、また病院に戻ったそうだ。今日はあまり遅くならないうちに帰ってきたいと言っていたらしいが、はたしてどうなるかはわからない。アラミンタは朝食をすませて、いつものようにリッキと庭で遊んだ。家の中に戻ると、メイベラが居間に下りてきていて、一時間ほど彼女とおしゃべりを楽しんだあと、一人で昼食前の散歩に出かけた。その日は一段と寒かったが、きびきびと歩くアラミンタの頬はつややかに輝き、目もきらめいていた。だが、クリスピンは夜まで帰ってくることができないそうだとヨスに言われると少しがっかりし、食欲までなくした。

アラミンタが昼食後のコーヒーを飲んでいたとき、老婦人が言った。「なんだかうきうきしているわね。クリスピンに結婚を申しこまれたのでしょう？　あたっている？」

「ええ、申しこまれました」正直に答えたアラミンタに、メイベラは意外な言葉を口にした。

「あなたなら都合がいいものね……」

「都合がいい？」アラミンタはわけがわからずにきき返した。

老婦人はやさしい笑みを浮かべた。「あなたは若くて、体も丈夫で、子供が好きなんでしょう？　それに、この家のことも気に入っている。クリスピンはどんな形であれ、この家を変えようとする女性とは結婚しないの。でもあなたならかわいらしいし、若いし、礼儀もわきまえている。ネリッサとはまったく違うわ」

「ネリッサって誰ですか？」アラミンタはきいた。

自然と声が鋭くなる。

「彼女のことを聞いていないの？　ネリッサはクリスピンが愛した……今も愛している女性よ。でも、結婚はできないの」

アラミンタは冷たい手で背中を撫《な》でられたような気がした。「私に知っておいてほしいと思ったら、クリスピンは話してくれたはずです」きっぱりと言う一方で、心ならずも声は震えていた。

メイベラは金縁の眼鏡をずりおろしてアラミンタを見つめた。「ああ、あなたももっと年を重ねたら、男性には決して口にしないことが一つや二つはあるということがわかるでしょうね」

「つまり、きいても無駄だと？」

老婦人はうなずいた。

「でも、なぜ？　彼は……彼は私と結婚したいと言ったのに」

「クリスピンは四十歳よ、アラミンタ。家名を受け継ぐ息子が欲しいなら、そろそろ身を固めなければいけないの。あの子は子供を欲しがっているのよ」鈴のような声がはっきりと言った。「妻に選ばれただけで幸運だと思わなくちゃ。クリスピンにふさわしい女性で、あなたの代わりになりたがる人はいくらでもいるんだから」

「でも、彼がプロポーズしたのはこの私です」

「いとこから奴隷のような扱いを受けているあなたに、クリスピンはとても同情していたの。それがあなたに有利に働いたのね」アラミンタの怒りに満ちた目と視線が合うと、メイベラは笑みを浮かべ、哀れむような声できいた。「愛している、と言われたことはあるの？」

言われていない。「そのネリッサという女性と、クリスピンはできることなら結婚したかった……では、なぜしなかったのですか？」

「いろいろあったのよ……」老婦人は謎めいた言い

方で言葉をにごした。「でも、イギリスからあなたと戻ってきたとき、あの子はあなたとの結婚を考えているとはっきり言ったし、一度口にしたらそれがどんなに気の進まないことでも撤回するような子ではないわ」

「それじゃあ、私がいたら、彼は幸せになれないということですね」アラミンタは、鈴のような声で夢を粉々にしたメイベラをじっと見つめた。もちろん、老婦人は自分が言ったことを相手がどう受け取ったかには気づいていなかったから、アラミンタにとっては好都合だった。おかげで、行動を起こす時間ができたからだ。感覚は奇妙なくらい麻痺《まひ》していたが、頭だけはさえていてめまぐるしく働き、新しい計画を立てていた。考えたことを行動に移すのは簡単だった。食後の昼寝をしに二階へ行ったら、メイベラはお茶の時間まで下りてこないし、クリスピンは夜まで戻ってこない。その間に、私はこの家から遠く離れることができる。

アラミンタは部屋に戻ると、ジャケットを着て一泊用の鞄《かばん》を取り出し、目についたものを手あたりしだいに突っこみ、手袋とハンドバッグを持って急ぎ足で外へ出た。駅で切符を買い求める人の列に並ぶときになって、財布を忘れていて、お金がほとんどないことに気づいた。パスポートもないが、戻ればヨスにでくわすかもしれず、そうなったらうまくごまかせそうもなかった。

前の女性がファルケンブルク行きの切符を買ったので、アラミンタも同じ行き先を選んだ。たしか、アムステルダムからかなり離れている場所だったはずだ。切符を買うと、持っていたお金の半分以上がなくなってしまったが、そんなことにも彼女は気づかなかった。

8

列車に座っている時間は、次になにをするべきかを考えるのにちょうどよかったが、アラミンタの心はそうするのを拒絶した。窓の外の見慣れない風景に視線を向けても、頭の中には深い苦悩しかない。切符売り場で前に並んでいた女性が小さなバッグを棚から下ろすのを見て、ファルケンブルクに近づいているのだとわかった。駅に列車がとまると、アラミンタは女性に続いて列車から降り、切符を渡して通りに出た。

あたりはすでにたそがれ、風が吹いて寒かった。小さな鞄《かばん》をぎゅっと握りしめ、まわりを見渡すと、人通りの少ない道の向こうにホテルが数軒立っていた。そのうちの二軒には絶対に泊まれなかった。どちらも黒いカーテンに紫色の明かりというあまりにモダンな内装で、熱狂的なロックファンが集いそうなホテルだったからだ。そして別のホテルは大きくまばゆい明かりがともり、見るからに高級そうだった。小銭入れにわずかなお金しか入っていないことを考えると、ただでさえ寒い背中にますます震えが走ったが、出てきたのが間違いだったとは思わなかった。夏の旅行者のための安いホテルがどこかにあるはずよ。アラミンタは自分にそう言い聞かせ、きびきびと歩きはじめた。角を曲がると道は広くなって交通量も増え、さらに多くのホテルが立ち並んでいたが、残念なことに時節柄営業してはいなかった。

アラミンタの歩く速度は少しずつ落ちていった。荒廃した城が見おろすようにたたずむこぢんまりとした町の大通りでは、何軒かのバーがすでに開いていて、明るくにぎやかなグループでうまっていた。

早く体を休める場所を見つけたい一方で、金額にかなりの制限があることと、言葉が通じるかどうかわからないということを考えると、アラミンタは気後れしていた。八方ふさがりの気分で、来た道を引き返す。しっかりとした計画も立てずに飛び出してきてしまうなんて、愚かだった。しかも、じゅうぶんなお金さえ持たずに……。それでも、もう一分たりともあの家にいることはできなかったという気持ちに変わりはない。飛び出してきたことが、人生でいちばん愚かな行動だったとしてもだ。

彼女は涙をこらえ、はなをすすり、あたりを見まわした。道沿いには店が数軒とホテルやゲストハウスが多く並んでいるが、どこも閉まっている。上を見ると、丘の上に温かく迎えるような明かりがともっていて、アラミンタは吸い寄せられるみたいにそこに向かって歩いた。とにかく、今夜眠る場所が欲しい。明かりは道の奥に立つ、大きなホテルからもれていて、木や花壇に囲まれて居心地がよさそうなその中に、彼女はためらうことなく入っていった。コーヒーくらいなら飲めるだろう。

ホテルはうれしくなるほど暖かく、ナイフやフォークのかちゃかちゃ鳴る音がかすかに聞こえたとき、アラミンタは空腹であることに気づいた。食事などすっかり忘れていたのだ。彼女はフロントに行き、部屋は空いていないかときいた。

泊まることのできる部屋は手持ちのお金のほとんどを使いはたしてしまうほどの料金だったが、そんなことにはかまわず、差し出された用紙に書きこんで鍵を受け取った。

部屋は狭かったけれど、設備はじゅうぶんだし、なによりも暖かいことがうれしかった。アラミンタは一泊用の鞄から中身を取り出し、ベッドに並べた。ナイトガウン、下着、ブラシとくし、便箋と封筒。あわただしくかき集めたせいか、なぜ持ってきたのか理解に苦しむものがやたらと多い。まるでそうしていれば持ってこなかった必要なものに変えられるかのように、彼女はそれらをじっと見つめた。やがて意気消沈したまま品々を手に取ると、洗面台やドレッシングテーブルの引き出しにしまった。この先どうなるかわからない一夜であっても、きちんとしていたい。それから髪をとかし、もう一度ジャケットを着ると、階段を下りて外に出た。たしか、町にフライドポテトの屋台が出ていたはずだ。フライドポテトならおなかがふくれるし、値段も安いから、ホテルに戻ってからコーヒーくらいは飲めるだろう。明日の朝宿泊費を払っても、まだ牛乳が買えるくらいのお金は残るはずだ。心配事は朝になってから考えよう。ぐっすり眠ってしっかり食べれば、もとの元気な自分に戻れるに違いない。

アラミンタは屋台を見つけるとフライドポテトを買って、歩きながら食べた。紙袋から直接食べたのは初めてだが、誰も彼女など見ていないし、もし見られていても気にもとめなかった。フライドポテトはかりっとして香ばしく、その温かさがなによりも心を温めてくれた。きれいに平らげてホテルに戻るころには、気分もずっと明るくなっていた。

先ほどは気づかなかったが、ホテルにはたくさんの人が滞在していた。ほとんどが年配者で、ペルシア更紗《さらさ》のかかった小さな円テーブルを囲み、男性はビールやジンを、女性はワインをちびちびと飲んでいる。ロビーの一角ではバンドが演奏していた。とはいっても、その構成はピアノを弾く男性と、たくさんの楽器の中心に座り、膝にアコーディオンをのせている比較的若い男性の二人だけだ。コーヒーを注文すると、運んできたウエイトレスが英語とオランダ語を交えて、このホテルに集まる老人クラブのために年に一度の演奏会が行われているのだと教えてくれた。

アラミンタはコーヒーをゆっくりと飲みながら、今後のことを考えたが、長くはそうしていられなかった。たった二人のバンドは編成の小ささを熱意でうめ合わせるように、にぎやかな音を奏でた。まわりの人たちもみんな足を踏み鳴らしたり、手をたたいたりして、やがて一緒に歌いはじめる。あまりのにぎやかさに彼女は悲しみも忘れ、コーヒーを飲みおえたあともその余韻にひたっていた。

しばらく陽気な環境を楽しもうと決めたものの、じきにまぶたが重くなり、アラミンタは自分の部屋へと引きあげた。今はぐっすり眠ることが必要だ。疲れているし、頭も痛いし、朝にはしっかりと考えられるようになっていなければいけない。ベッドに入り、枕に頭をつけたとたん、彼女は眠りに落ちた。

一時間もしないうちに目を覚ましたあとは、心は水晶のように澄み渡り、どんな問題にも立ち向かっていけるような気分になっていた。だが数時間後、時計が七時を告げる音を聞くと、自分のかかえている問題をなに一つ乗り越えられそうもないという結論に達した。車輪の中を走りつづけるねずみのように、役に立ちそうもない考えばかりが疲れはてた頭の中でぐるぐるとまわる中、起きあがってのろのろと身支度を整える。コンパクトと口紅しか持ってきていないので、血の気のない哀れな顔はどうすることもできず、やがてこまごましたものを鞄につめこんで朝食に下りていった。

老人クラブの人々はというと、食事をすませ身支度を整えてアムステルダム行きのバスを待っている人たちもいれば、朝食を終えたばかりの人たちもいる。アラミンタはダイニングルームの隅の小さなテーブルに座り、さまざまなパンの入ったバスケットにうれしそうな目を向けた。まだ頭は痛かったが、しっかりと食べ、ウエイターが持ってきてくれたミルクの入っていない紅茶を飲むと、ずいぶんと気持ちが前向きになった気がした。

朝食をとりながら、漠然とした思いつきを具体的な形にしていく。ヒッチハイクでロッテルダムのイギリス大使館まで行き、そこで帰国費用を借りるのはどうだろう？　ヒッチハイクの経験はないが、多くの人がしていることだし、ほかの人にできるなら、私にだってできるはずだ。アラミンタはジャケットのボタンをはめ、頭に巻くスカーフを持ってこなかったことを残念に思いながら手袋をつけ、ホテルをあとにした。そして、ホテルの前の北へと向かう道に沿って二キロほど歩いてから、乗せてくれそうな車をさがしはじめた。

数台が通りかかったが、とまってくれる車はない。アラミンタはさらに歩きつづけ、数メートル行くたびに立ちどまっては手を上げて運転手に合図を送った。だんだんと立ちどまる回数が減っていくうち、早朝からどんよりとしていた空はいっそう暗くなり、雲も意地の悪い風に流され出した。時計も置いてきてしまったから、今が何時なのかさえわからない。気がつくと、アラミンタは家もなく車もほとんど通らないところへ来ていた。道端に立って手を上げさえすれば、誰かがとまってくれるものと気楽に考えていたせいで、自分の外見が足を引っぱっているとは思いもしなかった。手袋をはめた手であかぬけた一泊用の鞄を持っている、きちんとした身なりの若い女性が、ヒッチハイカーだと思われるはずもない。一度か二度、運転手の注意を引こうと道に踏み出してみたが、怒った運転手に拳《こぶし》を振りあげられただけだった。

どうするべきか決めかねて、彼女は迷った。このまま歩きつづければ、いずれは誰かがとまってくれるかもしれない。でも、もし誰もとまってくれなかったら？　町へ戻ったほうがいいだろうか？　そのとき冷たい雨粒が落ちてきて、来た道を引き返す決意をした。道を戻りながら、別の計画を考える。警察署へ行って、ロッテルダムに戻るお金を貸してくれないかきいてみよう……。だが、警察はなぜそんなお金が必要なのかと尋ねるだろう。それを説明すれば、なぜクリスピンの家を飛び出してきたのか、なぜアムステルダムから遠く離れたファルケンブルクへ来たのかを知りたがるに違いない。最初からロッテルダムに行っていればよかった。そこならお金もじゅうぶんに足りたし、ロッテルダムからフーク・ファン・ホラントへ行って船でハリッジに帰ることもできた。やっぱり警察にいくのはやめよう。へたをしたら拘置所に入れられかねない。オランダの法律のことは知らないけれど、もしかしたらフランスと一緒で、いったん入れられたら犯罪と関係がないと証明されるまで出してもらえないかもしれないから。

中心街まで戻ってくると、すでに二時を過ぎていた。小銭入れに残ったお金ではコーヒーすら飲めないが、ロールパンか小さなチョコレートくらいなら買えるだろう。アラミンタはロールパンを買うことに決め、コインを握りしめて商店街と商店街の間を流れる細い川にかかる橋を渡った。すると、運の悪いことに急ぎ足の通行人とぶつかり、バランスを失って橋の欄干をつかんだ拍子に、握りしめていたコインを全部川に落としてしまった。

アラミンタはゆっくりと流れる小さな川をじっと見つめた。今や本当の一文無しだ。買うはずだったロールパンを思い浮かべ、まわりに人がいないのをいいことに、いらいらした声で言う。「もう限界だわ！」

しかし、そうではなかった。最後の一撃は、氷のように冷たい雨という形でやってきた。一時間ほど断続的に降っていた雨が突然激しい土砂降りとなり、彼女はあっという間にびしょ濡《ぬ》れになった。

橋には身を隠す場所もなかったが、そのたもとには木や茂みで囲まれた古城のような建物があった。少なくとも雨宿りくらいならできそうだと思って、アラミンタはためらいもなくそこへ向かった。

そこは本物の城で、壁を伝う蔦《つた》や木の茂みにおおわれていたが、正面の扉は開いていて、階段をのぼるとさらに扉があった。奥の扉は閉まっていたものの、どうにか雨はしのげそうだ。アラミンタは階段のいちばん下に注意深く腰かけ、鞄を横に置いて頭をもたせかけると、じきに眠ってしまった。

目を覚ましたとき、空はまだ明るいのに、大きな体が目の前に立ちふさがっているせいであたりが影になっていた。クリスピンがいる。その顔ははっきりと見えないが、怒りに満ちた声は思わず身震いするほど冷たかった。「君はなんて愚かなんだ」そういえば、コーンウォールの崖下で初めて出会ったときも同じことを言われたっけと、彼女は思い出した。

クリスピンは身をかがめてアラミンタを立たせ、鞄に手を伸ばした。地面に落ちた空っぽの小銭入れを拾って中身を確かめ、なにかつぶやく。その顔は無表情で、なにを言っているのかも理解できなかったが、いかにも怒りを抑えていると言った口調だった。「威嚇するようにオランダ語でののしるのはやめて！」

「金も持たずに飛び出したのか？」

アラミンタはみじめな気持ちでつぶやいた。「少しはあったんだけれど、誰かと橋の上でぶつかって、川の中に落としてしまったの」

また笑われるかと思ったら、クリスピンは深いため息をついただけだった。「車は通りにとめてきた。ちょうど橋の向こうだ。おいで」

「いやよ」アラミンタは抵抗したが、彼は気にもとめず、彼女の腕をつかむと橋を渡ってロールスロイスのドアを開け、助手席に押しこんだ。「ジャケットを脱いで。それから靴も」

靴を脱ぐわけにはいかない。そんなことをしたら、逃げることができなくなる。クリスピンの家にだけは戻りたくないから、どうにかして逃げ出さなければ。かじかんだ手でジャケットのボタンと格闘しながらも、アラミンタはどうにかして彼からお金を借りられないものかと、疲れた頭で考えた。しかしクリスピンはいらだたしげに彼女の手をどけると、自分でボタンをはずし、ジャケットを後部座席にほうり投げた。さらに靴も脱がせ、アラミンタを毛布で包み、小さな銀の携帯用水筒《スキットル》のふたを開けた。

「これを飲んで」有無を言わさぬ声で言う。

「いやよ」

「自分で飲まないなら、僕が喉の奥に流しこむぞ」

アラミンタは口を開けて飲んだが、そのとたん咳《せ》きこんだ。息がつけるようになったころにはクリスピンは運転席に座っていて、エンジンが音をたてはじめていた。ブランデーのおかげで体じゅうに熱が広がり、腕や脚までぽかぽかしてきて、彼女は懸命に頭を働かせようとした。クリスピンと話し合わなければ。今ならちゃんと目も覚めているし、先ほどまでのような寒さも感じない。それに、なぜ居場所がわかったのかもきいてみたい。町を抜けたら、車をとめてもらい、とことん話し合おう……。そう決意して小さくしゃっくりをした次の瞬間、アラミンタは眠りこんでいた。

クリスピンは車の速度を落とし、アラミンタが彼の肩に頭をのせることができるように体を引き寄せた。それから、土砂降りの雨を真っ二つに切り裂くようにロールスロイスを走らせた。あたりは真っ暗で、水のカーテンみたいな雨が視界をさえぎっていたが、スピードはゆるめなかった。高速道路に乗り、北へと進む間も、ほかに走っている車はほとんど見あたらない。ますます雨が激しくなる中、前方に明かりがちらちらと見えてきたとき、クリスピンはダッシュボードの時計をちらりと見て、続いてアラミンタに視線を向けた。ぐっすりと眠りこんでいるのを確認して、彼は次の駐車区域で車をとめた。

起こすのに数分かかったうえに、アラミンタは起きてからもどこかぼんやりしていた。「最後に食事をしたのはいつだ？」クリスピンがきいた。

「今朝よ」

「昨日、夕食はとったか？」彼女が首を振る。「ゆうべはぐっすり眠れたのか？」

「いいえ」そうつぶやいて、アラミンタはふたたび眠りに落ちた。

クリスピンは車を発進させ、今度は道路案内をさがしながらゆっくりと走った。やがて高速道路を下りて細い田舎道に入り、小さな村や野原を走り抜け、丸石を敷いた道の両側に高い塀の並ぶ大きな村にたどり着いた。その中心には教会があって、向かいには明かりのともる家々が並んでいる。クリスピンは車をとめて土砂降りの中に飛び出すと、ホテルと思われるいちばん大きな建物を見に行った。たしかにそこはホテルだったが、冬の間は閉まっているのか人影もなく明かりも消えていて、車に戻ろうとしたとき、数軒先に宿屋が見えた。カーテンのかかった窓からは明かりがもれ、小さくても見るからに温かい雰囲気がある。誰かがアコーディオンを演奏しているのか、楽しそうな声や物音も聞こえてきた。

宿屋のドアを開けると、喫茶室には六人ほどの人がいた。古い造りの建物で、色の濃い羽目板の壁には重々しい額に入った絵が飾られ、大きなストーブの上には金属製の凝った飾りが置かれ、その上の棚には古いピストルや錫《すず》製の大ジョッキが所狭しと置かれている。テーブルと椅子は軍隊を思わせる正確さで並べられていて、奥にはバーが見えたが、こちらもひどく旧式だ。巨大な鏡がかけられたカウンターの中では、年配の女性が愛想のいい顔を向けている。クリスピンはためらうことなく奥に進んで、彼女に話しかけた。

車に戻ったクリスピンがアラミンタを抱きあげると、彼女はふたたび目を覚まし、あわてた声できいた。「ここはどこ？　なにをするの？」

クリスピンは無言のまま、小石を踏みしめて宿屋に向かった。相変わらず雨が激しく降っていたので、アラミンタもそれ以上逆らえなかった。彼はドアを蹴って開け、近くの椅子に彼女を座らせた。

「ここはトルンという村で、エイントホーフェンの南にある。雨があまりにも激しくて、これ以上車を走らせることができない。それに君はなにかを食べて、ぐっすり眠る必要がある。車をとめられる場所をさがしてくるから、ここに座っていなさい。逃げようなんてばかな考えは起こさないように。靴をはいていないんだし、疲れきっているんだから、こんなひどい天気の中を走りまわるんじゃないぞ。コーヒーを頼んでおいたから、それを飲んでいること。誰にもなにも言わなくていい。君がイギリス人だと、女主人には話してある」

アラミンタは彼をじっと見つめた。「まだ怒っているの？」

クリスピンはなにも答えず、かすかな笑みを浮かべて出ていった。その直後に、若い女性がトレイにコーヒーをのせて運んできた。温かい飲み物にはクリームも砂糖もたっぷり入っていて、受け皿には小さなビスケットが添えられている。自分のぶんをあっという間に食べたアラミンタは、おなかがぺこぺこだったのに気づいた。それからゆっくりとコーヒーを飲んだが、目は向かい側の受け皿のビスケットから離れず、やがてそのうちの一つに手を伸ばした。

クリスピンはなかなか戻ってこず、アラミンタは不安になった。私を置き去りにして、どこかへ行ってしまったのだろうか？　いったんわきあがったばかな考えは、混乱している頭の中で異様なほどふくれあがったものの、クリスピンがドアを開けて入ってきたとたん、針を刺した風船のようにしぼんだ。彼はアラミンタと向き合って座り、ジャケットと靴と鞄を二人の間の椅子に置いた。

カウンターの中にいた女性が新しいコーヒーとメニューを持ってやってきたとき、アラミンタは申し訳なさそうに言った。「あなたのビスケットを食べてしまったの……」

クリスピンはちらりと彼女を見て、メニューを手にした。「スープは？」そうきいた彼の顔に、怒りはまったくない。「エビテスープがいいだろう。残念ながらあまり種類がないが、ミートボールとフライドポテトはある。飲み物は？　紅茶はないかもしれないな。コーヒーをお代わりするか？」

注文をすませた彼は、バーバリーのコートをドアの横にある旧式のコート掛けにかけ、ふたたび席についてコーヒーを飲んだ。その顔からは依然として感情を読み取ることはできない。コーヒーを飲んで気分がよくなると、アラミンタはそっと彼を見て、言葉を選びながら慎重に切り出した。「私の居場所がどうしてわかったの？　ファルケンブルクはとても遠いところのはずだけれど……」

「そんなに遠くはない、アラミンタ。幸い、君に切符を売った駅員を見つけ出すことができたんだ。彼は君を覚えていた」見つけ出すまでどれほどの時間がかかったのか、あるいは、何人の駅員に声をかけたのかについてはなにも言わなかった。

「ああ、そういうことだったのね。なにしろ、私のオランダ語ときたら……」

「彼は君のかわいらしい顔を覚えていたんだ、アラミンタ」

アラミンタはその言葉を無視した。「でも、ファルケンブルクのどこにいるかまではわからなかったはずよ」

クリスピンは肩をすくめた。「あそこはそれほど大きな町ではない。君が泊まったホテルに、僕は三度行ったことがある。ホテルのフロント係は君がどこへ行ったかは知らなかったが、ウエイターが歩いて町に戻ってきた君を見ていたんだ」

「まあ」アラミンタは一瞬、言葉につまった。「ご親切に追いかけてきてくれたのはありがたいけれど、そんな必要はなかったわ。私はまったく問題ないし、それに……それに、自分がなにをしているかもきちんとわかっているの」

クリスピンのいかめしい口元がかすかにゆがんだ。「そうだろうな」先を続けようとしたちょうどそのとき、スープが運ばれてきた。食欲をそそるにおいにアラミンタが鼻を動かすのを見て、クリスピンは話を続ける代わりに塩を取ってやり、ぶっきらぼうに尋ねた。「ゆうべは夕食になにを食べた？」

「おなかがすいていなかったの。屋台でフライドポテトを買って、ホテルでコーヒーを飲んだわ」

アラミンタがスプーンを取ったので、彼はそれ以上きかず、おいしそうにスープを飲む彼女を見つめた。

こげ茶色のミートボールはかりっとしていて、天国のような味がした。アラミンタはせかされることなく、りんごソースを添えたフライドポテトも心ゆくまで味わった。だが、お代わりしたコーヒーにブランデーを加えたらどうかと言われたときは、申し出を断わって冷ややかに言った。「あなたが強いブランデーを飲ませるから、眠ってしまったのよ」

クリスピンの瞳がおもしろそうに光った。「空っぽの胃には絶大な効果があるからね。空腹なのかどうかをきかないで飲ませてしまって悪かった」

初めて心からの笑顔を見せられ、アラミンタはあわてて言った。「でも、あなたは私を眠らせたかったのでしょう？　騒ぎを起こさずに連れ戻すために。それってひどいわ！」

「〝恋愛と戦争は手段を選ばない〟と言うだろう、アラミンタ」

彼女はコーヒーカップを置いた。私が急にいなくなって、この人は心配だったに違いない。でも騒ぎを起こすつもりなどなく、ダンスターの家に帰ったら手紙を送るつもりだった。本当の気持ちをうっかり悟られることのないように、クリスピンが気がねなくネリッサのところへ行けるように。それなのに、結局はとんでもない迷惑をかけただけだった。ネリッサはすてきな女性なのかしら？　アラミンタはおずおずと言った。「あなたを困らせるようなことをして、ごめんなさい。すべてが悪いほうへいってしまったわね。一度冷静に考えて、もう少しましな荷物をつめて、お財布を持っているか確かめるべきだった。でも、あなたが帰ってくる前に家を出たいと思ったものだから……」

テーブルの向こうに座っていたクリスピンが目を細めたが、アラミンタは見ていなかった。

「話があるの……」

クリスピンはアラミンタの言葉をきっぱりとさえぎった。「僕もだ。お互いに話すことはたくさんあると思うが、今はやめておこう。君は疲れているし、僕も同じだ。明日になれば、時間はたっぷりある。さあ、行ってベッドに入りなさい」

そう言って彼が立ちあがったので、アラミンタもしぶしぶ立ちあがった。持てる勇気はすべて振り絞ってしまい、もうかけらも残っていない。それに、彼の言うとおりだ。アラミンタは素直におやすみを言い、若い女性に案内されて狭い階段を上がった。小さいがとても清潔な部屋に入ると、濡れたスカートを渡すようにと身ぶり手ぶりで促された。ジャケットや靴は朝までにきれいにしておいてもらうとクリスピンが言っていたので、スカートも乾かしてくれるつもりなのだろう。

朝がきたとき、服は乾いてアイロンがかかっていただけでなく、靴までぴかぴかに磨きあげられていた。トレイにのせて運ばれてきた紅茶は、カップではなくグラスについであってミルクもなかったが、一日を始めるにはじゅうぶんな味だった。もっとも、今日がどんな一日になるのかはまったく見当もつかなかったが。

小さなティーポットの下には、クリスピンのひどく読みにくいメモが置かれていた。〝紅茶なしでは目が覚めないと思った。朝食は三十分後だ〟

「命令、また命令！」アラミンタはわざとすねたようにつぶやいてから、紅茶を飲み、気持ちのいいベッドから出て身支度を整えた。わざと五分よけいにかけて、これ以上きちんとしようがないほどていねいに髪を整える。それでも、クリスピンをいらだたせることはできなかった。アラミンタが下りていくと、彼は新聞から顔を上げ、立ちあがって〝おはよう、よく眠れたか〟と聞いただけだったからだ。それから朝食と一緒にコーヒーも飲みたいかときき、ふたたび座って新聞に目を向けた。喫茶室にはほかに誰もいなかったので、話をするには絶好のチャンスだったが、アラミンタはなかなか切り出すことができなかった。

運ばれてきた朝食を、アラミンタは黙々と口に運びながら言うべきことを頭の中で考えた。しかしやがてクリスピンが新聞を読みおえても、なかなか言い出すことはできなかった。天気の話など、たわいのないことばかり話題にされ、きっかけをつかむのに苦労した末、ついに思いきって切り出す。

「私たち、話し合ったほうがいいんじゃ……」

クリスピンは女主人が持ってきた請求書に目を通

していたが、その紙を置いてアラミンタにしっかりと視線を向けた。「ああ、そうだな。そうしたほうがいいだろう。だが、叔母も一緒のほうがいい。今話しても、時間を無駄にするだけだ」

「私たちは……私はあなたと一緒に戻るつもりはないわ。その……わかるでしょう？」アラミンタの声が少しばかり高くなった。

「いいや、わからない。でもきっと、君は戻るのが怖いんだろう？」

「まさか、怖くなんかないわ。ただ、戻っても意味がないと……。私にはわからないわ……なぜあなたがそんな……」これ以上なんと言っていいのかわからず、アラミンタは言葉をのみこんだ。

だが、クリスピンは彼女の言いたいことがわかったようだ。「会話を始めてから、君は一度もきちんとまともな文章を口にしていない。家に帰ってからにしたほうがいい」

クリスピンはのんびりとくつろいだ態度で、どこかおもしろがっているようにさえ感じられる。

「彼女のことを話していてくれたらよかったのに……最初に」アラミンタはせつなそうに言った。

クリスピンの目がじっと彼女に向けられた。「彼女のこと？」穏やかな口調できく。

「ネリッサのこと」

「ああ、叔母から聞いたんだな？」

「ええ」

彼はしばらく黙りこみ、やがて立ちあがった。

「さあ、家に帰ろう。君に話すことは山のようにあるが、それは帰ってからだ。二人が……ええと、議論とやらを繰り広げたあと、それでもダンスターに帰りたいというなら、そう言えばいい。すぐに帰れるよう手配する」

アラミンタはそれに代わる名案を思いつくことができなかった。逃げようとしても、クリスピンに引きとめられるに違いない。もし引きとめられなかったとしても、彼は私のあとをついてくるだろう。けれどそんな行動はあくまでも義務感からで、悲しいけれど、そのことを忘れてはいけない。

「わかったわ。鞄を取ってくるわね」淡々とした声で言うと部屋に荷物を取りに行ったが、鞄を手にしたままベッドに座りこみ、アラミンタはじっと考えた。クリスピンは私を愛してはいなくても、好意は感じているのだ。もしネリッサのことがなければ、二人は幸せな結婚をしていたかもしれない。彼女はため息をついた。いずれにせよ、私はそういう気持ちで結婚していただろう。

アラミンタは立ちあがり、小さな鏡に映る自分の顔をのぞきこんだ。ひどい顔をしている。朝食の間、クリスピンが私を見ようとしなかったのも無理はない。荷物を持って階段を下りると、ぴかぴかに磨きあげられたロールスロイスが宿屋の前にとまっているが、クリスピンの姿はどこにもなく、アラミンタは不安そうにあたりを見まわした。チャンスがあれば逃げ出そうなどと考えていたことも忘れ、突然ばかばかしいほどあわて出す。彼がいないというだけでこんなにあたふたするなんて。この先は、クリスピンなしで生きていかなければいけないというのに。

気がつくと、クリスピンは彼女の背後に立っていた。「天気予報を聞いていたんだ。残念ながら、ますますひどい天気になりそうだが、昼食までには帰れるだろう」彼はアラミンタを車に乗せ、村について話しはじめた。「小さくて封建的な村なんだ。同じ一族が長いことおさめていて、したがって外見も小石を敷きつめた道も雰囲気も昔のままで、なにも変わっていない」

アラミンタはその言葉に耳を傾けながらも、心はすでに遠く離れたアムステルダムに飛んでいた。アムステルダムに着いたら、なにを話し、どう行動すればいいのだろう？

そのあとも、クリスピンはずっとなにか話していた。アラミンタの受け答えが最小限で、ほとんどうわの空だということにも気づいていないようだ。やがてセルトーヘンボスに着くと、高速道路を下りて〈シャレー・ロイヤル〉というカフェに寄り、コーヒーを飲んだ。トルンを出るときから空はどんよりとしていたが、コーヒーを飲んでいる間に激しい雨が降ってきて、風が葉の落ちた枝を揺らしたり、人々があわてて開いた傘を壊したりしている。暖かく贅沢《ぜいたく》なレストランの中で窓から外を眺め、アラミンタは体を震わせた。クリスピンが見つけてくれなかったら、今ごろいったいどこでどうなっていたかしら？

そんな気持ちが顔に表れていたのだろう、クリスピンが顔を近づけて言った。「今はなにも考えるな、アラミンタ。行こうか？　あとほんの百キロほどだ。車を取ってくるから、入口で待っていてくれ。二人で濡れることはない」

やさしい人だ。バーバリーのコートに包まれたクリスピンの広い背中が、ほかの車の間をぬってロールスロイスに近づいていくのを、アラミンタは見つめた。彼は誰に対してもやさしく、そして今まで会った中でいちばん気むずかしい。さらに、自分のしたいようにするのが好きだし、高圧的でもある……。

クリスピンは車から降りると、雨も気にもせずこちらに近づいてきた。打算的な男性なら、運転席に座ったまま手招きするだろうに……。アラミンタの心臓が激しく打った。クリスピンはその気になればネリッサと結婚し、私を忘れることもできる。でも、私が愛せる男性はクリスピンだけだ。

ユトレヒトに近づいたころには、雨はみぞれに変わり、やがて細かい雪となった。しだいに白くなっていく野原を切り裂くように、ロールスロイスはまっすぐな高速道路を疾走した。

「もう冬なのね」アラミンタが言った。

「冬はこれから始まるんだ。最初の何日かは安定せず、ひどく寒かったり雪が降ったり風が吹いたりする。季節にも僕たちのように不安定な時期があるわけだ」

「私は少しも不安定ではないわ」

「よかった。僕もだよ」

クリスピンは車のスピードをゆるめてアムステルダムに向かう道に入り、やがて郊外から市の中心へと入った。何時間も考える時間はあったはずなのに、アラミンタは結局なにも考えられず、心は痛ましいほど空っぽだった。なじみのある運河は雪におおわれ、とても美しかった。

ほどなく、クリスピンは家の前で車をとめた。アラミンタをせきたてて階段をのぼらせ、玄関に入ると、ヨスが奥から出てきた。「おはようございます、旦那様。おはようございます、ミス・ショー」きちんとした挨拶を口にした彼は、いつもどおり淡々としていたが、どこか満足そうな笑みが浮かんでいる気がした。

アラミンタはおずおずと気まずそうな笑みを向けた。背後の玄関のドアはすでにしっかりと閉まっているというのに、そこから冷えきった外に飛び出すというばかばかしい考えが、漠然と心に浮かんできた。

「そんなことはさせないぞ」クリスピンの言葉に、アラミンタは飛びあがらんばかりに驚き、顔を赤くした。「君は本当に頑固だな。二階へ行って髪を整えてきなさい。じきに昼食だ」

「私たち、話し合うはずじゃ――」

「おいおい、腹をすかせたままでか？　それはないだろう！　さあ、急ぐんだ」

9

部屋は出ていったときとまったく変わっていないように思えたが、よく見るとベッドのシーツは新しいものに替えられ、ベッド脇のテーブルに置かれた七宝の鉢には菫《すみれ》とベビーシクラメンがいけられている。雑誌と英語の新聞も最新のものに替わり、浴室にはピンク色のふわふわのタオルと新しい石鹸《せっけん》が山のように置かれていた。まるで、なにがあっても私が戻ってくるとわかっていたかのようだ。クリスピンは私を見つけ出せると確信して、部屋をきれいにしておくように命じたのだろうか？　アラミンタはジャケットを脱ぐと窓に歩み寄り、外を眺めた。

誰かがドアをノックする音が聞こえ、反射的に答える。「どうぞ」

現れたのはクリスピンだった。「いたずらに考えるのはやめるんだ、アラミンタ。君は間違っている。考えれば考えるほど、よくない方向へ進むだけだぞ。おいで。食事をすれば気分もよくなる」

「なぜネリッサのことを話してくれなかったの？　こんなのフェアじゃないわ。彼女のことを知っていたら、私はここへ来なかった。私がけじめをつけようとしているのに、あなたはじゃまばかりする」

クリスピンはじっとアラミンタを見つめた。「叔母からなにを聞かされたのかは知らないが、ネリッサは十六年前に亡くなっているんだ」

アラミンタの顔から血の気が引いた。「いったいどういうこと……」体がかすかに震える。

「そのうちわかるよ、僕のいとしいお嬢さん」クリスピンが笑みを浮かべたので、彼女の心臓は躍り、息がとまりそうになった。

二人は家の奥の小さな居間で昼食をとった。足元には動物たちもいて、ヨスが給仕をしてくれた。ヨスはアラミンタのために作ったフローネ特製のスープを父親のように勧め、彼女が素直にのむと、今度は鮃《ひらめ》を食べるよう勧めた。

「ヨスの言うことはきいたほうがいい。そうでないとフローネを傷つけることになるから。ヨス、君とフローネはデザートも一生懸命考えてくれたのだろう？」

「ええ、そのとおりです。ミス・ショーのお好きなものをと考えて、焼いたメレンゲに生クリームとアイスクリームを添えたヴァシュランにしました」

「食事がおいしいと、フローネに伝えてくれるか？」

その後、アラミンタには皿にのせられたものを食べるという選択肢しか与えられなかったが、おかげでずっと気分はよくなった。しかし、クリスピンがついでくれたワインでさらに気持ちが明るくなっても、お代わりするのは断わった。

「頭をすっきりさせておくためか、アラミンタ？」

たしかにクリスピンがなにかと話しかけてきて、じっくり考える時間を与えてくれないせいで、彼女の頭はぼんやりしていた。クリスピンは一方的に話すばかりだったから、注意することも答える必要もなかったものの、応接室に場所を移したときもまだ頭は混乱していた。それでも、いくらかはものが考えられるようになっていた。

「叔母も今、下りてくる」クリスピンが言った。

やってきたメイベラはとても小さく、おびえているように見えた。クリスピンはそんな彼女にやさしくキスをして、暖炉脇のいつもの席に座らせたが、それでもおびえたようすは変わらなかった。

「アラミンタを連れ戻しました」クリスピンが明るく言い、メイベラは甥《おい》に視線を向けた。驚いた表情は、ひどくがっかりしているようだ。「僕たちはじきに結婚します」アラミンタは驚いてさっと息を吸ったが、彼はかまわずに続けた。「あなたがこの家にいてくれることを、彼女は心からうれしいと思うでしょう。この家を切り盛りしていく方法や家宝の手入れの仕方を、あなたから教えてもらえることを。そして、あなたのように彼女もこの家を愛してくれることを、僕は願っているんです、叔母様」

「まあ、クリスピン。私はひどい年寄りだった……。それでもここにいていいの？　あなたが結婚してからも？」老婦人の顔がしわくちゃになった。「結婚したら、私などいらないのだろうと思っていたのよ……」

「だから、アラミンタにネリッサのことを話したのですか？　彼女に結婚を思いとどまらせるために？　いったいどうして僕があなたをじゃま者扱いするなどと考えたのですか？　この家はあなたがいなければならないのに。そう思わないか、アラミンタ？」

急に話しかけられ、アラミンタはあんぐりと開けていた口を閉じた。この状況を子羊のようにおとなしく受け入れろというの？　クリスピンの目はいとしそうに輝いているが、彼女の胸には強い感情がわきあがっていた。心の底から愛してはいるけれど、彼には本当にいらいらする。しかし胸の内を洗いざらいぶちまけようかと思った瞬間、メイベラ・ファン・シーベルトの小さく悲しそうな顔が視界に入った。そのとたん、アラミンタは自身の悲しみやつらさもきれいに忘れ、老婦人に近づいてその椅子の横にひざまずいた。

「クリスピンの言うとおりです」アラミンタはきっぱりと言った。「こんな大きな家を、あなたに教えてもらわずにどうやって維持していけばいいのですか？　途方にくれてしまうに決まっています」彼女は老婦人の細い肩に腕をまわし、頰にキスをした。

「怒っていないの？　私はあなたのことが大好きだったのよ、アラミンタ。でも自分がこれからどうなるかわからなくて、年寄りの私は怖かったの。年寄りはいつだって必要とされないでしょう？　あなたをだますつもりなんかなかったのよ。でもあなたは簡単に信じてしまって……ずっと生きた心地がしなかったわ。いなくなってしまうなんて思わなかったから。あなたって本当に……」

「本当に、強い女性ですよね。さあ、コーヒーを飲みましょう」

メイベラは華奢《きゃしゃ》なカップを手にして、おいしそうにコーヒーを飲んだ。「アラミンタ、あなたに教えることなら山のようにあるわ」少しばかり口ごもる。「あなたは怒っていないの、クリスピン？」

「ええ」彼の声は穏やかで、顔には笑みさえ浮かんでいる。「大好きな人に、腹などたつものですか」

老婦人はカップを置いた。「ああ、これで私はまた幸せになった。本当にほっとしたわ。そろそろ部屋へ戻って静かにしていましょう。考えなければならないことがたくさんあるもの。結婚式についてとかね」メイベラはアラミンタにキスをして、クリスピンの腕を取った。「あなたたちは幸せになるわ。あなたのお父さんとお母さんのように。この家に子供たちの声が響くのは、きっと楽しいでしょうね」

彼女は幸せそうに部屋から出ていった。

老婦人が行ってしまうと、部屋は静まり返った。クリスピンはドアを閉めて寄りかかり、ポケットに手を突っこんだ。「ありとあらゆるののしり言葉を浴びせられるかと思ったよ」

「言うことが思いつかなかったの。でも、なぜあなたが話してくれなかったのかは理解できない。ファルケンブルクでも、あの小さな宿屋でも、言ってくれればよかったのに……。叔母様が納得してくれるまで待たなければいけない、と教えてほしかったわ」そして、わざとさりげなくきいた。「ところで、ネリッサって誰なの？」

　クリスピンはアラミンタに近づき、腕にやさしく包みこんだ。「話す必要などないと思っていたんだ。もっと前に言っておけばよかったよ。一度話そうとしたんだが、電話がかかってきて出かけなければならなかっただろう？　それに君がなぜいなくなったのか、僕にはさっぱりわからなくて、ただ連れ戻すことしか頭になかった」彼はすばやくキスをした。

「ネリッサのことなど、ずっと忘れていたよ。十六年は長いからね、いとしい人。コーンウォールの崖下に気丈に立っている姿を初めて見てから、僕は君のこと以外なにも考えられなかった」

「でも、あなたはひどく無礼だったわ」

「雷に撃たれたような気分だったんだ。あんな思いもよらない場所で、理想の女性に出会ったから」

　今度のキスはやさしくも短くもなく、アラミンタは幸せそうにため息をついた。「私はずっと思っていたの。あなたは私を愛しているという確信がないんじゃないかしらって」

「人生でこんなに確信があることはないよ、いとしい人。だが気持ちが確かなものになるまで、君に時間を与えなければと思ったんだ」

「時間なんて必要なかったのに」アラミンタは背伸びをして、クリスピンにキスをした。

「よかった。それじゃあ、僕と結婚するかどうかを考える時間は必要ないね。ダンスターに行って、結婚許可証を申請しよう」

　アラミンタはうっとりとクリスピンを見つめた。

「たくさんの問題を乗り越えてきたあなたに、せめて私ができることといったら、その計画に賛成するくらいでしょうね」

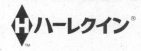

ハーレクイン・イマージュ　2013年2月刊（I-2264）

冬は恋の使者

2024年12月20日発行

著　　者	ベティ・ニールズ
訳　　者	麦田あかり（むぎた　あかり）
発 行 人	鈴木幸辰
発 行 所	株式会社ハーパーコリンズ・ジャパン 東京都千代田区大手町 1-5-1 電話 04-2951-2000（注文） 0570-008091（読者ｻｰﾋﾞｽ係）
印刷・製本	大日本印刷株式会社 東京都新宿区市谷加賀町 1-1-1
表紙写真	© Alexander Sorokopud ｜ Dreamstime.com

ISBN978-4-596-71773-3 C0297

ハーレクイン・シリーズ 12月20日刊 発売中

ハーレクイン・ロマンス

愛の激しさを知る

極上上司と秘密の恋人契約	キャシー・ウィリアムズ／飯塚あい 訳	R-3929
富豪の無慈悲な結婚条件 《純潔のシンデレラ》	マヤ・ブレイク／森　未朝 訳	R-3930
雨に濡れた天使 《伝説の名作選》	ジュリア・ジェイムズ／茅野久枝 訳	R-3931
アラビアンナイトの誘惑 《伝説の名作選》	アニー・ウエスト／槙　由子 訳	R-3932

ハーレクイン・イマージュ

ピュアな思いに満たされる

クリスマスの最後の願いごと	ティナ・ベケット／神鳥奈穂子 訳	I-2831
王子と孤独なシンデレラ 《至福の名作選》	クリスティン・リマー／宮崎亜美 訳	I-2832

ハーレクイン・マスターピース

世界に愛された作家たち
～永久不滅の銘作コレクション～

冬は恋の使者 《ベティ・ニールズ・コレクション》	ベティ・ニールズ／麦田あかり 訳	MP-108

ハーレクイン・プレゼンツ作家シリーズ別冊

魅惑のテーマが光る
極上セレクション

愛に怯えて	ヘレン・ビアンチン／高杉啓子 訳	PB-399

ハーレクイン・スペシャル・アンソロジー

小さな愛のドラマを花束にして…

雪の花のシンデレラ 《スター作家傑作選》	ノーラ・ロバーツ 他／中川礼子 他 訳	HPA-65

文庫サイズ作品のご案内

◆ハーレクイン文庫…………………毎月1日刊行
◆ハーレクインSP文庫……………毎月15日刊行
◆mirabooks………………………毎月15日刊行

※文庫コーナーでお求めください。

12月26日発売　ハーレクイン・シリーズ 1月5日刊

ハーレクイン・ロマンス

愛の激しさを知る

秘書から完璧上司への贈り物《純潔のシンデレラ》	ミリー・アダムズ／雪美月志音 訳	R-3933
ダイヤモンドの一夜の愛し子〈エーゲ海の富豪兄弟 I〉	リン・グレアム／岬　一花 訳	R-3934
青ざめた蘭《伝説の名作選》	アン・メイザー／山本みと 訳	R-3935
魅入られた美女《伝説の名作選》	サラ・モーガン／みゆき寿々 訳	R-3936

ハーレクイン・イマージュ

ピュアな思いに満たされる

小さな天使の父の記憶を	アンドレア・ローレンス／泉　智子 訳	I-2833
瞳の中の楽園《至福の名作選》	レベッカ・ウインターズ／片山真紀 訳	I-2834

ハーレクイン・マスターピース

世界に愛された作家たち
〜永久不滅の銘作コレクション〜

新コレクション、開幕！

ウェイドー族《キャロル・モーティマー・コレクション》	キャロル・モーティマー／鈴木のえ 訳	MP-109

ハーレクイン・ヒストリカル・スペシャル

華やかなりし時代へ誘う

公爵に恋した空色のシンデレラ	ブロンウィン・スコット／琴葉かいら 訳	PHS-342
放蕩富豪と醜いあひるの子	ヘレン・ディクソン／飯原裕美 訳	PHS-343

ハーレクイン・プレゼンツ作家シリーズ別冊

魅惑のテーマが光る
極上セレクション

イタリア富豪の不幸な妻	アビー・グリーン／藤村華奈美 訳	PB-400

※予告なく発売日・刊行タイトルが変更になる場合がございます。ご了承ください。